Série

AS AVENTURAS DO CAÇA-FEITIÇO

O Aprendiz — Livro 1

A Maldição — Livro 2

O Segredo — Livro 3

A Batalha — Livro 4

O Erro — Livro 5

O Sacrifício — Livro 6

O Pesadelo — Livro 7

O Destino — Livro 8

Eu Sou Grimalkin — Livro 9

O Sangue — Livro 10

O Conto de Slither — Livro 11

E VEM MAIS AVENTURA POR AÍ... AGUARDEM!

AS AVENTURAS DO CAÇA-FEITIÇO
O CONTO DE SLITHER

LIVRO XI

JOSEPH DELANEY

Tradução
Rita Süssekind

1ª edição

BERTRAND BRASIL
Rio de Janeiro | 2017

Copyright © Joseph Delaney, 2012
Publicado originalmente pela Random House Children's Publishers UK, uma divisão da The Random House Group Ltd. Os direitos morais do autor foram assegurados.

Título original: Slither's Tale

Ilustrações de capa e miolo: David Wyatt

Texto revisado segundo o novo
Acordo Ortográfico da Língua Portuguesa

2017
Impresso no Brasil
Printed in Brazil

CIP-BRASIL. CATALOGAÇÃO NA PUBLICAÇÃO
SINDICATO NACIONAL DOS EDITORES DE LIVROS, RJ

Delaney, Joseph, 1945-
D378c   O conto de Slither / Joseph Delaney; ilustração David Wyatt; tradução de Rita Süssekind. – 1ª ed. – Rio de Janeiro: Bertrand Brasil, 2017.
il. ; 21 cm. (As aventuras do caça-feitiço ; 11)

Tradução de: Slither's Tale
Sequência de: O sangue
ISBN 978-85-286-2221-8

1. Ficção infantojuvenil inglesa. I. Wyatt, David. II. Süssekind, Rita. III. Título. IV. Série.

CDD: 028.5
17-42663   CDU: 087.5

Todos os direitos reservados pela:
EDITORA BERTRAND BRASIL LTDA.
Rua Argentina, 171 – 2º andar – São Cristóvão
20921-380 – Rio de Janeiro – RJ
Tel.: (21) 2585-2000 – Fax: (21) 2585-2084

Não é permitida a reprodução total ou parcial desta obra, por quaisquer meios, sem a prévia autorização por escrito da Editora.

Atendimento e venda direta ao leitor:
mdireto@record.com.br ou (21) 2585-2002

Trecho do Bestiário de John Gregory, o Caça-Feitiço.

Magos Kobalos

Os Kobalos não são humanos. Andam eretos, mas têm a aparência de uma raposa ou lobo. O corpo é coberto por pelos escuros, o rosto e as mãos são raspados de acordo com o costume; o mago veste um sobretudo preto, com uma abertura nas costas para acomodar a cauda, que pode funcionar como um membro extra.

Esses magos são criaturas solitárias que evitam seus semelhantes e costumam morar além dos limites do domínio congelado dos Kobalos, bem ao norte do continente conhecido como Europa. Cada um "cultiva" uma haizda, um território que delimitou como seu. Dentro dele, há algumas centenas de seres humanos que moram em vilarejos, aldeias e sítios. Ele governa por meio do medo e da magia, coleta almas e acumula poder. Normalmente, mora em uma árvore velha e retorcida, dorme durante o dia, mas percorre os limites de sua haizda à noite, quando retira o sangue de seres humanos e animais para subsistência. Ele pode mudar sua forma, assumir a aparência de animais e também pode variar de tamanho.

Além disso, esse tipo de mago é um guerreiro formidável, e sua arma favorita é o sabre.

Os Kobalos são uma raça guerreira e feroz que, a não ser pelos feiticeiros, habitam Valkarky, uma cidade nas profundezas do círculo ártico.

O nome "Valkarky" significa Cidade da Árvore Petrificada; ela é cheia de todos os tipos de abominações que foram criadas por magia negra. Seus muros são construídos e reformados por criaturas que nunca dormem, criaturas que cospem pedra mole da boca. Os Kobalos acreditam que sua cidade não vai parar de crescer até cobrir todo o mundo.*

---

*O que eu disse acima se baseia nos escritos de um dos primeiros caça-feitiços, chamado Nicholas Browne, que viajou muito além das fronteiras do Condado. Além de seus cadernos, não há evidência de que qualquer de suas afirmações seja verdadeira, porém é necessário manter a mente aberta. O mundo é um lugar grande e muita coisa permanece inexplorada — John Gregory

PARA MARIE.

Longe de Wardstone...

Lá no Condado as coisas raramente pareceram mais perigosas para Tom Ward. Seu mestre, o Caça-Feitiço, foi enfraquecido por anos de batalha; sua amiga mais próxima, Alice, desapareceu em uma perigosa missão; e Tom agora parece ser o único capaz de evitar que o Maligno volte para trazer novos terrores ao mundo.

Mas enquanto sua batalha se estende, as trevas nunca descansam — nem no Condado, nem em lugar nenhum. E bem ao norte, num lugar muito distante das terras de Tom, uma nova sombra emerge.

Este livro se passa pouco depois dos eventos de *O Sangue* e conta sobre novas criaturas, novas terras, e novos horrores inimagináveis...

Este é *O conto de Slither*.

O PONTO MAIS ALTO DO CONDADO
É MARCADO POR UM MISTÉRIO.
CONTAM QUE ALI MORREU UM HOMEM
DURANTE UMA GRANDE TEMPESTADE, QUANDO
DOMINAVA UM MAL QUE AMEAÇAVA O MUNDO.
DEPOIS, O GELO COBRIU A TERRA E, QUANDO
RECUOU, ATÉ AS FORMAS DOS MORROS E OS
NOMES DAS CIDADES NOS VALES TINHAM
MUDADO. AGORA, NO PONTO MAIS ALTO DAS
SERRAS, NÃO RESTA VESTÍGIO DO QUE OCORREU
NO PASSADO, MAS O NOME SOBREVIVEU.
CONTINUAM A CHAMÁ-LO DE

WARDSTONE,
A PEDRA DO GUARDIÃO

PRÓLOGO
O PESADELO DE NESSA

Está muito escuro no meu quarto. A vela derreteu, a chama fraquejou e morreu. Também está frio, apesar dos cobertores extras. Foi um longo inverno, um dos piores. Estamos na primavera, mas ainda há uma camada de neve nos campos e nas bandeiras do pátio, além de gelo nas janelas que emolduram meu quarto.

Mas é meu aniversário amanhã. Vou completar 10 anos. Estou ansiosa pelo bolo. Tenho que soprar todas as velas de uma vez só. Se eu fizer isso, meu pai vai me dar meu presente. É um vestido — um vestido vermelho com rendas brancas no pescoço e na bainha.

Quero dormir. Fecho os olhos com força e me esforço. É melhor dormir, porque assim a noite passa mais depressa. Vou abrir os olhos para ver a luz do sol entrando pela janela, partículas de poeira brilhando como pequenos sóis.

De repente ouço um barulho. O que é? Parece algo arranhando o revestimento do piso. Será que é um rato? Tenho medo de ratos cinzentos, com seus olhos pequenos e bigodes grandes. Morro de medo de que um deles suba na minha cama.

Meu coração dispara de medo e eu penso em chamar meu pai, mas minha mãe morreu há dois anos e ele cuida da fazenda sozinho. Os dias do meu pai são longos e cansativos, e ele precisa dormir. Não, eu preciso ser corajosa. O rato já deve estar indo embora. Por que perderia tempo com a minha cama? Não tem comida aqui.

Outra vez ouço o som agudo de garras na madeira. Meu coração pula de medo. O barulho está mais próximo agora, entre a janela e a minha cama. Prendo a respiração, tentando ouvir o ruído se repetir. Pois é, e agora está ainda mais perto, bem debaixo da minha cama. Se eu olhar para baixo, talvez dê de cara com aqueles olhos pequenos.

Preciso levantar. Sinto um puxão na minha roupa de cama e tremo de medo. O rato está avançando pela cama, usando suas garras para subir no cobertor. Em pânico, tento me sentar. Mas não consigo. Estou paralisada. Consigo abrir a boca para gritar, mas nenhum som sai dos meus lábios.

O rato está subindo no meu corpo agora. Sinto suas pequenas garras espetando minha pele através dos lençóis. Ele está sentado no meu peito. A cauda bate e faz barulho, cada vez mais rápido, em sincronia com meu coração.

E agora tem uma coisa nova, ainda mais assustadora. O rato parece estar ficando mais pesado a cada segundo. Seu peso pressiona meu peito, dificultando minha respiração. Como isso é possível? Como um rato pode ser tão grande e pesado?

Em meio à escuridão, percebo que seu rosto está se aproximando do meu. É um rosto grande, e eu sinto a respiração quente do rato na minha pele. Mas há algo ainda mais entranho do que seu tamanho e peso. Seus olhos brilham no escuro. São grandes e vermelhos, e com o brilho reluzente eu agora consigo ver seu rosto.

Não é um rato, afinal de contas. O rosto é de uma raposa ou de um lobo, com uma mandíbula longa e dentes grandes e afiados. E esses dentes estão mordendo meu pescoço agora. Agulhas longas, finas e quentes de dor perfuram minha garganta.

Grito. Repetidamente, eu grito em silêncio. Sinto como se estivesse morrendo, caindo na mais profunda escuridão, para fora deste mundo.

Depois acordo e vejo que o peso desapareceu do meu peito. Agora consigo me mexer. Sento na cama e começo a chorar. Logo ouço o som de botas pesadas sobre os tacos de madeira do corredor. A porta está aberta, e meu pai entra segurando uma vela.

Ele a coloca sobre a cabeceira, e logo estou em seus braços. Choro incontrolavelmente, e ele afaga o meu cabelo e minhas costas para me tranquilizar.

— Está tudo bem. Está tudo bem, filha — murmura. — Foi só um pesadelo... Um pesadelo terrível.

Mas depois ele me segura à distância de um braço e examina meu rosto, o pescoço e os ombros cuidadosamente. Em seguida pega um lenço branco do bolso do pijama e limpa o meu pescoço. Ele o amassa com a mão e rapidamente o guarda de volta no bolso. Mas não rápido o suficiente para impedir que eu veja as marcas de sangue.

O pesadelo acabou?

Estou acordada?

Ou ainda estou sonhando?

CAPÍTULO 1
É UM ACORDO?

Acordei com muita sede.

Sempre tenho muita sede quando acordo, então não havia nada de diferente nisso, nenhuma indicação de que esse seria um dia a ser lembrado.

Saí pela fenda, no alto do tronco da minha velha árvore ghanbala, e olhei para baixo, para o chão branco e congelado.

Faltava cerca de uma hora até o sol se levantar por completo, e as estrelas ainda eram visíveis. Eu conhecia todas as cinco mil por nome, mas Cougis, a Estrela Cachorro, era a minha preferida. Era vermelha, com um olho irritado que espia através da cortina de veludo negro que o Senhor da Noite projeta sobre o céu.

Passei quase três meses dormindo. Sempre durmo durante essa época — a parte mais fria e escura do inverno, que chamamos de *shudru*. Agora eu estava acordado e com muita sede.

Estava perto demais do amanhecer para extrair sangue dos humanos da minha haizda — as que eu cuidava. Minha segunda opção seria caçar, mas nenhuma presa estaria por ali ainda. Não havia nada que saciasse minha sede, mas havia uma alternativa. Eu podia sempre recorrer ao Velho Rowler e forçá-lo a negociar.

Eu me espremi contra a árvore e guardei minhas duas lâminas mais afiadas em suas capas sobre o meu peito. Depois vesti meu casaco comprido, espesso e preto, que tem treze botões feitos com ossos da melhor qualidade. O casaco vai até minhas botas de couro marrom e tem mangas compridas o suficiente para que cubram meus braços peludos.

Eu tenho muitos pelos — e tem algo mais que eu devo mencionar. Algo que me torna diferente de você.

Eu tenho uma cauda.

Não ria, não faça careta nem torça o nariz. Seja sensato e tenha pena de si mesmo por não ter uma. Veja bem, a minha cauda é longa e poderosa; melhor do que um braço extra.

Mais uma coisa: meu nome é Slither. E antes que meu conto termine, você vai descobrir por quê.

Finalmente, amarrei as botas e me espremi de novo pela fenda e fui para o galho.

Depois saí para o espaço.

Contei até dois antes de levantar minha cauda deslizante. Ela se encolheu e endureceu; a pele raspou contra o galho mais baixo, arrancando pedaços de tronco que caíram como flocos escuros de neve. Fiquei pendurado ali pela cauda por alguns segundos enquanto meus olhos perspicazes vasculhavam o chão abaixo. Não havia trilha que marcasse o gelo. Não que eu esperasse que tivesse. Meus ouvidos são aguçados e eu acordo com qualquer barulhinho, mas é sempre melhor prevenir do que remediar.

Pulei de novo, aterrissando no chão frio e duro. Então comecei a correr, vendo o chão passar em um borrão sob minhas pernas. Em minutos eu estaria na fazenda do Velho Rowler.

Eu respeitava o Velho Rowler.

Respeitava o suficiente para transformar o que poderia ser uma apropriação cruel em uma troca cautelosa. Ele era muito corajoso para um humano. Corajoso o suficiente para morar perto da minha árvore quando tantos outros já haviam fugido. Corajoso o bastante até para negociar comigo.

Percorri a grade de madeira e me inflei assim que cheguei às bandeiras de pátio. Assumi o tamanho que funciona melhor com a maioria dos humanos.

Não grande o bastante para ser muito intimidador, mas tampouco pequeno o bastante para que o Velho Rowler pudesse ter alguma ideia. Aliás, exatamente o tamanho que tinha o fazendeiro antes de seus ossos começarem a enfraquecer, sua espinha a se curvar.

Bati suavemente à porta. Era minha batida rítmica especial. Não era alta a ponto de acordar suas três filhas, mas audível o suficiente para fazer o fazendeiro descer arfando pelas escadas.

Ele abriu não mais do que um palmo de sua mão calejada de porta. Em seguida levantou uma vela para a abertura, de modo a iluminar o meu rosto.

— O que foi dessa vez? — perguntou de forma aguerrida. — Estava torcendo para não vê-lo nunca mais. Já faz meses desde a última vez que me incomodou. Esperava não voltar a ser acordado por você!

— Estou com sede e está cedo demais para caçar. Preciso de alguma coisa que sossegue a barriga por algumas horas. — Então sorri, exibindo meus dentes afiados e permitindo que meu hálito quente subisse pelo ar frio.

— Não tenho nada sobrando. São tempos difíceis — protestou o fazendeiro. — Foi um dos piores invernos de todos. Perdi gado, até mesmo ovelhas.

— Como suas três filhas estão se mantendo? Espero que estejam bem — perguntei, abrindo um pouco mais a boca.

A vela começou a tremeluzir nas mãos do Velho Rowler, exatamente como eu esperava.

— Fique longe das minhas filhas, Slither. Está me ouvindo? Fique longe.

— Eu só estava perguntando sobre a saúde delas — suavizei a voz. — Como vai a mais nova? Espero que tenha melhorado da tosse.

— Não vem com essa! — irritou-se. — Por que está aqui?

— Preciso de sangue. Sangre um boi para mim. Só um pouco de sangue para me dar força. Meia xícara está de bom tamanho.

— Eu já disse, o inverno foi longo e severo. São tempos ruins, e os animais que sobreviveram precisam de toda a força para aguentar.

Percebendo que eu não ia ganhar nada se não oferecesse algo em troca, peguei uma moeda do bolso do casaco e a estendi. A moeda brilhou à luz da vela.

O Velho Rowler observou enquanto eu me posicionava à lateral do boi e neutralizava a sensação ali, para que, quando eu fizesse um corte pequeno e profundo na pele, o animal não sentisse nada. O sangue logo começou a fluir, e eu o recolhi no copo de metal que o fazendeiro tinha oferecido, sem desperdiçar uma única gota.

— Eu não machucaria suas filhas, você sabe. Elas se tornaram quase que uma família para mim.

— Sua espécie não sabe nada sobre famílias — murmurou ele.

— Você comeria sua própria mãe se estivesse com muita fome. E a filha de Brian Jenson da fazenda perto do rio? Ela desapareceu no início da última primavera e nunca mais foi vista. Muitos dos meus vizinhos sofreram em suas mãos.

Não me incomodei em negar a acusação, mas também não confirmei. Às vezes acidentes acontecem. Em geral eu controlo meu insumo, administrando os recursos da minha haizda, mas ocasionalmente o impulso toma conta de mim e eu acabo bebendo sangue demais.

— Ei! Espere um instante. Nós concordamos com meia xícara — protestou o Velho Rowler.

Sorri e pressionei meus dedos contra o machucado, de modo que o sangue imediatamente parasse de fluir.

— De fato — concordei. — Mesmo assim, três quartos de xícara não é tanta coisa assim. É um bom acordo.

Tomei um longo gole, sem tirar os olhos do rosto do fazendeiro. Ele estava com um casaco comprido em cujo remendo eu sabia que escondia um sabre muito afiado. Se fosse suficientemente provocado ou se sentisse ameaçado, o velho não hesitaria em utilizá-lo. Não que Rowler, mesmo com seu sabre, representasse qualquer ameaça a mim, mas poria fim à nossa relação comercial. O que seria uma pena, pois homens como ele eram úteis. Eu prefiro caçar, obviamente, mas a criação de animais — principalmente bois, que são meus favoritos — facilitava as coisas em tempos difíceis. Eu não estava preparado para criá-los por minha conta, mas apreciava o lugar desse fazendeiro no cenário geral. Ele era o único na minha haizda com quem eu negociava.

Talvez eu estivesse ficando velho? Em outros tempos eu teria arrancado a cabeça de um ser humano como Rowler — sem pensar duas vezes. Mas eu já tinha passado do meu primeiro momento de juventude e já era muito avançado na magia da haizda. Eu já era um adepto.

Mas este, meu ducentésimo verão, era um momento perigoso para um mago de haizda — a época em que às vezes somos vítimas do que chamamos de skaiium. Veja bem, viver tanto tempo muda sua forma de pensar. Você se torna mais brando, mais compreensivo em relação aos sentimentos e necessidades dos outros. Isso é ruim para o mago de haizda, e muitos de nós não sobrevivem a esses anos perigosos, pois eles suavizam o desejo de sangue, o entorpecimento dos dentes.

Então eu sabia que tinha que ser cuidadoso.

O sangue morno desceu pela minha garganta e para meu estômago, enchendo-me com uma nova força. Sorri e lambi os beiços.

Eu não teria necessidade de caçar por pelo menos mais um dia, por isso devolvi o copo ao Velho Rowler e fui direto para o meu local favorito. Era uma clareira no pequeno bosque, nas colinas ao sul com vista para a fazenda. Então me encolhi (inclusive o casaco e as botas) para o meu menor tamanho, o que normalmente uso para dormir. Agora eu não estava maior do que um rato de esgoto com bigodes cinzentos.

O sangue do boi, no entanto, permaneceu exatamente do mesmo tamanho, de modo que meu estômago agora estava bem saciado. Apesar de eu ter acabado de acordar, a combinação de um estômago cheio e do sol recém-nascido me deixou muito sonolento.

Então me deitei de costas e me espreguicei. Meu casaco tem um corte especial, como uma manga muito curta, por onde minha cauda consegue passar. Quando estou correndo, caçando ou lutando, ela se encolhe firme nas minhas costas, mas às vezes no verão, quando o sol está brilhando e eu estou sonolento, deito sobre a grama morna e deixo que ela se estique atrás de mim. Feliz e relaxado, fiz isso, e logo estava adormecido.

Normalmente, com um estômago cheio assim, eu teria dormido durante um dia e uma noite inteiros, embora pouco antes do pôr do sol um grito tenha cortado o ar feito uma lâmina, acordando-me de repente.

Eu me sentei, mas fiquei imóvel. Minhas narinas se dilataram e coçaram quando comecei a farejar o ar.

Sangue...

Levantei a cauda e a utilizei para obter mais informações. As coisas não poderiam ter sido melhores, e logo minha boca começou a salivar. Sangue de boi era doce delicioso, sim, mas esse era o sangue mais apetitoso de todos. Era sangue humano recém-derramado, e vinha da direção da fazenda do Velho Rowler.

De imediato minha sede voltou. Rapidamente me levantei e comecei a correr para a cerca distante. Meus longos passos saltitantes logo me levaram à fronteira e, uma vez sob a cerca, prontamente cresci para um tamanho humano. Usei minha cauda outra vez, procurando pela fonte do sangue. Vinha do Pasto Norte, e eu agora sabia exatamente de quem era.

Eu já tinha estado perto o suficiente do velho para senti-lo através da sua pele enrugada e ouvi-lo percorrendo suas veias nodosas. Podia ser sangue velho, mas no que dizia respeito a sangue humano, eu não podia ser muito exigente.

Sim, era o Velho Rowler. Ele estava sangrando.

Então detectei outra fonte de sangue, apesar de esta ser muito mais fraca. Era o cheiro de uma jovem fêmea humana.

Comecei a correr novamente, com o coração acelerado de emoção.

Quando cheguei ao Pasto Norte, o sol era um globo laranja posicionado precisamente sobre a ponta do horizonte. Bastou uma olhada e entendi tudo.

O Velho Rowler estava esparramado como um boneco quebrado perto do tronco de um teixo. Mesmo àquela distância dava para ver o sangue na grama. Uma figura estava curvada sobre ele. Era uma menina de vestido marrom, uma menina com cabelos longos da cor da meia-noite. Também senti o sangue novo dela. Era mais doce e tentador que o do Velho Rowler.

Era Nessa, sua filha mais velha. Dava para ouvir os soluços dela enquanto cuidava do velho. E então vi o touro no campo ao lado. Estava batendo o pé furiosamente e sacudindo os chifres. Deve ter ferido o fazendeiro, que, apesar do machucado, conseguiu cambalear pelo portão e fechá-lo.

De repente a menina olhou para trás sobre o ombro e me viu. Com um pequeno grito de terror ela se levantou, puxou as longas saias para acima dos joelhos e começou a correr em direção à casa. Eu poderia tê-la alcançado com facilidade, mas eu tinha todo o tempo do mundo, então comecei a caminhar rumo ao corpo encolhido.

Primeiro achei que o velho estivesse morto, mas meus ouvidos aguçados detectaram o ritmo hesitante de um coração falho. O Velho Rowler estava morrendo, isso era certo: havia um buraco imenso sob suas costelas, e seu sangue continuava vertendo sobre a grama.

Quando me ajoelhei ao lado dele, Rowler abriu os dois olhos. Seu rosto estava contorcido de dor, mas ele tentou falar. Eu tive que me abaixar mais para perto, até minha orelha esquerda estar quase encostando nos lábios ensanguentados do velho.

— Minhas filhas... — sussurrou.

— Não se preocupe com suas filhas — falei.

— Mas me preocupo — disse o fazendeiro moribundo. — Você se lembra dos termos do primeiro acordo que selamos?

Não respondi, mas eu me lembrava bem. O acordo tinha sido feito havia sete anos, quando Nessa tinha acabado de completar 10 anos de idade.

— Enquanto eu viver, fique longe das minhas três filhas! — alertara. — Mas, se alguma coisa me acontecer, você pode ficar com a mais velha, Nessa, em troca de levar as outras duas para o sul, para a casa dos tios em Pwodente. Eles moram na vila de Stoneleigh, perto da última ponte antes do Mar do Oeste...

— Eu irei cuidar delas — eu prometera, percebendo que este poderia ser o início de anos de acordos úteis com o fazendeiro. — Irei tratá-las como se fossem a minha família.

— Um acordo — insistira o velho. — É um acordo?

— Sim. É um acordo.

Foi um bom negócio porque, segundo a lei de Bindos, cada cidadão Kobalos tem que vender nos mercados escravos pelo menos uma purra — ou menina humana — a cada quarenta anos ou ser exilado, desprezado por seus companheiros e assassinado caso volte a ser visto. Como mago da haizda, eu normalmente não participava dos mercados e não queria possuir fêmeas do jeito tradicional. Mas eu sabia que chegaria o tempo em que teria de cumprir minha obrigação ou sofrer as consequências. Do contrário, eu seria um fora da lei, perseguido pelo meu próprio povo. Rowler era velho; depois que ele estivesse morto, eu poderia vender Nessa.

E agora cá estava ele na minha frente, prestes a morrer, e Nessa era minha.

O fazendeiro começou a tossir um coágulo escuro de catarro com sangue. Não lhe restava muito tempo. Em poucos instantes estaria morto.

Levaria no máximo uma semana para entregar as duas mais novas aos tios. Então Nessa pertenceria mim. Eu poderia forçá-la a ir para o norte para o mercado de escravos, viajando lentamente e bebendo amostras de seu sangue pelo caminho.

De repente o velho começou apalpar o bolso do casaco. Imaginei que talvez estivesse procurando uma arma.

Mas ele retirou um pequeno caderno marrom e um lápis. Com as mãos trêmulas, sem sequer olhar para a página, começou a escrever. Ele escreveu bastante para um sujeito moribundo. Quando terminou, arrancou a página e a estendeu para mim. Fiquei diante dele e aceitei o bilhete com cuidado.

— É para Nessa — sussurrou Rowler. — Eu já disse a ela o que tem que fazer. Você pode ficar com tudo: a fazenda, os animais e Nessa. Lembra-se do acordo? Tudo que você precisa fazer é levar Susan e Bryony para os tios. Vai honrar nosso acordo? Vai cumpri-lo?

Li o bilhete rapidamente. Quando terminei, dobrei em dois e guardei no bolso do casaco. Então sorri, mostrando só um pouquinho dos dentes.

— Fizemos um acordo, e é questão de honra mantê-lo — falei.

Então continuei ao lado do Velho Rowler até que ele morresse. Demorou mais do que eu havia imaginado. Ele lutou para respirar e pareceu relutante em ir, apesar de estar com muita dor. O sol tinha se posto bem abaixo do horizonte antes do último suspiro.

Eu o observei muito cuidadosamente, com minha curiosidade aguçada. Fizera negócios com o Velho Rowler durante sete anos, mas carne e sangue são opacos e escondem a verdadeira natureza da alma. Eu frequentemente pensava sobre esse fazendeiro teimoso, corajoso e às vezes mal-humorado. Agora finalmente eu iria descobrir exatamente o que ele era.

Eu estava esperando para ver sua alma deixar o corpo, e não me decepcionei.

Uma forma cinzenta começou a se materializar sobre o casaco amassado. Era muito fraca e um pouquinho luminosa. Tinha forma helicoidal, uma espiral que se esvaía, e muito, muito menor do que o Velho Rowler. Eu já tinha observado almas humanas antes e gostava de esperar para ver que caminho tomariam.

Então o que era o Velho Rowler?

Ele era "para cima" ou "para baixo"?

Coleto almas e extraio poder delas, absorvendo-as em meu próprio espírito. Então me preparei para esticar o braço e agarrar a alma do fazendeiro. Era algo difícil de fazer e, mesmo com toda a força da minha concentração, só podia ser feita se a alma desse uma brecha. Mas essa alma não deu.

Com fraco assobio, ela começou a girar para longe, em direção ao céu. Poucas fazem isso. Normalmente elas soltam uma espécie de rugido ou uivo e se enterram no chão. Então o Velho Rowler claramente era um "para cima". Eu tinha perdido uma nova alma, mas que importância isso tinha? Ele agora tinha ido e minha curiosidade fora satisfeita.

Comecei a investigar o corpo. Só tinha uma moeda. Provavelmente a mesma que eu dera mais cedo pelo sangue do boi. Em seguida puxei o sabre. O cabo estava um pouquinho enferrujado, mas eu gostava do equilíbrio e a lâmina era afiada.

Balancei pelo ar algumas vezes. Foi uma boa sensação, então guardei em segurança no remendo do meu casaco.

Feito isso, fiquei livre para começar a cuidar do principal assunto da noite.

As filhas do Velho Rowler...

CAPÍTULO 2
TOTALMENTE SEM MODOS

Estava escurecendo quando cheguei à casa. Não haveria lua essa noite e apenas uma luz vinha de dentro — o brilho fraco e inconstante de uma vela atrás das cortinas esfarrapadas do quarto da frente.

Aproximei-me da porta e bati alto três vezes, utilizando a aldrava preta, decorada com a cabeça de uma gárgula de apenas um olho, que deveria assustar qualquer coisa ameaçadora que se aproximasse na calada da noite. Claro, isso era apenas uma superstição tola, e minha batida tripla ecoou pela casa.

Não houve resposta. Que meninas sem modos, pensei. Totalmente sem modos.

Irritado, caí de quatro e corri três vezes em volta do local em sentido anti-horário, e em cada uma das vezes que passei pela porta da frente soltei um uivo alto e intimidador.

Em seguida voltei para a porta da frente e aumentei o meu porte para o triplo do tamanho humano. Coloquei a testa contra o vidro frio da janela do quarto e fechei um olho.

Com meu olho esquerdo, deu para enxergar através da pequena fenda onde as cortinas se encontravam. Vi Nessa, minha herança, e suas duas irmãs, abraçadas na cama.

Nessa estava no meio, com seus braços sobre os ombros das irmãs menores, Susan e Bryony. Eu já havia espiado essas meninas muitas vezes antes. Não havia muito que eu não soubesse sobre elas.

Nessa tinha 17 anos, e Susan, um a menos. Susan era mais corpulenta do que Nessa e tinha cabelos cor de milho maduro. Ela seria mais cara no mercado de escravos. Quanto a Bryony, ainda era uma criança (tinha mais ou menos oito verões); cozinhada lentamente, seria suculenta, mais gostosa até do que galinha de dia seguinte — apesar de muitos kobalos preferirem degustar crua uma carne tão jovem.

A verdade era que Nessa era a menos valiosa das três, mas a venda dela permitiria que eu cumprisse minhas obrigações de acordo com as leis de Bindos. Trato é trato, e eu sempre mantenho minha palavra, então me encolhi para o tamanho humano e, com um golpe poderoso da mão esquerda, acertei a porta da frente.

A madeira estilhaçou, a casa estremeceu, a tranca quebrou, e com um rugido a porta caiu para dentro sobre as dobradiças. Então, sem esperar qualquer convite, entrei e subi os degraus de madeira da escada.

❧ NESSA ❧

Senti vergonha por ter deixado meu pai daquele jeito. Deixei-o morrer sozinho. Mas o pavor de ver a fera tão de perto me afligiu.

Após chegar à segurança da casa, tranquei todas as portas e depois levei Susan e Bryony para o meu quarto. Minha angústia e meu pavor me deixaram praticamente sem fala, mas, depois que cheguei lá, não consegui mais conter o silêncio.

— O pai morreu! — gritei. — Ele está morto, foi atacado pelo touro!

Minhas duas irmãs choramingaram de tristeza. Subimos na cama e as abracei, tentando oferecer qualquer conforto que pudesse. Mas então ouvi os barulhos assustadores do lado de fora da casa. Começaram com três batidas altas, seguidas rapidamente por uma série de uivos horrorosos que me arrepiaram a nuca.

— Cubram os ouvidos! Não ouçam! — alertei minhas irmãs. Claro, meus braços ainda estavam em volta delas, então fui forçada a suportar os barulhos aterrorizantes. Tive a impressão de ter ouvido uma respiração arfada do lado de fora da janela, e por um terrível instante parecia que um olho gigante nos espiava pelo espaço entre as cortinas.

Mas como era possível? A fera não era assim tão grande. Eu já o tinha visto nas visitas dele à nossa fazenda, e ele não parecia muito mais alto do que meu pobre pai.

Em seguida uma terrível batida veio de baixo. Eu sabia exatamente o que era, e meu coração disparou. A fera tinha arrombado a porta da frente.

Ouvi pés pesados subindo pelas escadas, aproximando-se da porta do quarto. Estava trancada, mas era muito mais fraca do que a que a fera já tinha aberto — não ofereceria qualquer resistência. Meu corpo inteiro começou a tremer.

A maçaneta girou lentamente enquanto eu encarava, aterrorizada.

— Nessa — rugiu a fera. — Abra a porta e me deixe entrar. Sou seu novo pai agora. Seja obediente.

Fiquei chocada com o que ele estava dizendo. Como um monstro daqueles podia alegar ser meu pai?

— Seu velho pai deixou a fazenda para mim, Nessa — continuou. — E me deu você. Se você for boazinha, eu serei bonzinho com suas irmãs gordinhas. Ele me pediu que eu as levasse em uma longa jornada para viverem felizes com os tios de vocês. Eu prometi a ele que faria isso, porque sempre cumpro minhas promessas para os mortos. Mas você pertence a mim, Nessa. Então tem que ser obediente. Por que não responde? Não acredita em mim? Bem, então leia isso. É o testamento do seu pai.

Não dava para acreditar no que ele estava dizendo. Minhas irmãs choravam, incrédulas. Como meu pai podia ter concordado com algo tão abominável? Achei que ele me amasse. Será que não se importava nem um pouco comigo?

A fera passou um pedaço de papel por baixo da porta e eu saí da cama, peguei e comecei a ler o que estava escrito.

Para Nessa

Eu prometi à fera que ele pode ficar com a fazenda e com você. Em troca, ele prometeu entregar Bryony e Susan para sua tia e seu tio. Tentei ser um bom pai e, se fosse necessário, eu teria me sacrificado por você. Agora você precisa se sacrificar por suas irmãs mais novas.

Seu pai amoroso.

Apesar das letras tremidas, era sem dúvida a caligrafia do pai, mas precisei ler três vezes antes do significado alcançar meu cérebro atordoado. Havia manchas de sangue no papel — ele deve ter escrito em seus últimos instantes de vida.

Eu não conseguia pensar direito, mas sabia que tinha que tirar a fera da casa. Se eu não concordasse com o que meu pai escreveu, a terrível criatura destruiria a porta do quarto e talvez matasse nós três. Então respirei fundo para me acalmar antes de falar.

— Eu aceito os termos do testamento do meu pai — falei. — Mas minhas irmãs estão apavoradas. Quero que você saia daqui e nos deixe sozinhas por um tempo. Por favor, fique longe da fazenda.

— Farei isso, Nessa — respondeu a fera, surpreendendo-me por concordar. — Sem dúvida precisam de tempo para superar a morte do seu pai. Mas você terá que me procurar amanhã antes do pôr do sol. Eu moro na maior árvore ghanbala do outro lado do rio. Não tem como errar. Lá conversaremos sobre o que tem que ser feito.

No dia seguinte parti para cumprir minha promessa. Estava apavorada, e ter que visitar a fera no anoitecer só piorava as coisas. Eu tinha passado o dia fazendo minhas tarefas habituais na fazenda, além das que normalmente eram executadas pelo meu pai. Ainda assim, não consegui não pensar, com medo, no que estava por vir. Logo escureceria e eu ficaria sozinha com o monstro, e totalmente à sua mercê.

Vizinhos desapareciam de tempos em tempos — algo que meu pai nunca comentava. Uma vez perguntei se ele achava que a fera era a responsável por isso.

— Nunca toque nesse assunto novamente, filha! — alertou-me. — Estamos seguros na nossa própria casa, então seja grata por isso.

Mas não estávamos mais seguras. Se eu não visitasse a toca da fera, ele voltaria para a nossa fazenda. O que poderia ser mais assustador do que isso?

Talvez ele me devorasse na hora. Afinal de contas, meu pai tinha me dado para ele em troca da segurança das minhas duas irmãs.

Eu tinha dito a Bryony e Susan que, se eu não voltasse até o amanhecer, elas deveriam fugir para a casa de um vizinho do outro lado do vale. Mas nem lá estariam seguras se a fera não cumprisse sua palavra.

Cheguei à margem do rio e me aproximei do local. Não havia dúvida quanto à localização da toca. Ele tinha razão: era impossível errar. Era duas vezes maior do que qualquer outra árvore na região — uma ghanbala gigante com um tronco extremamente grosso, seus galhos enormes e torcidos rígidos à luz que se apagava.

Foi escurecendo à medida que me aproximava da árvore, pois os galhos se reunindo sobre mim pareciam bloquear o que restava da luz do céu. De repente ouvi uma batida suave atrás de mim e me virei aterrorizada para encarar a fera.

— Olá, Nessa — disse ele, abrindo um sorriso horroroso que revelava seus dentes afiados. — Que filha boa e responsável você é por cumprir sua promessa. Amanhã, só para mostrar a minha gratidão, enterrarei o corpo do seu pobre pai antes que os ratos o estraguem demais. Temo que os olhos já tenham ido, apesar de ele não precisar mais deles agora. Mas infelizmente não são as únicas coisas que estão faltando: os ratos já roeram dois dos dedos do pé e três dos da mão. Ainda assim, o corpo logo estará debaixo da terra, e eu cobrirei a cova com pedras para que nenhum animal faminto cave, não se preocupe. Ele ficará seguro e aconchegado no escuro, sendo lentamente devorado pelos vermes, como tem que ser.

Essa referência cruel e indiferente ao meu pai trouxe um nó à minha garganta e mal consegui respirar. Inclinei a cabeça e não consegui olhar nos olhos do monstro, envergonhada por não ter tido a coragem de eu mesma enterrar o meu pai. Quando olhei para ele, ele abriu outro sorriso grotesco, tirou uma chave do bolso, cuspiu nela três vezes e a inseriu em uma tranca no tronco da árvore.

— Essa é uma porta que só uso raramente — disse ele —, mas é a única forma de entrar inteiramente na árvore. Vá na frente. Você é minha convidada.

Mesmo temerosa de que ele pudesse me atacar por trás, virei as costas e atravessei a entrada para a árvore.

— A maioria dos meus convidados normalmente já está morta quando entra aqui, mas você é especial para mim, Nessa. Eu fiz o melhor que pude para alegrar o lugar para recebê-la.

Suas palavras me aterrorizaram e meu coração começou a palpitar, mas olhei em volta, espantada. Era incrível encontrar um aposento tão bem mobiliado dentro de uma árvore. Havia treze velas, cada qual colocada em um castiçal ornado, repousado sobre uma mesa de jantar tão lustrada que dava para ver meu próprio reflexo nela.

— Aceita uma taça de vinho, Nessa? — perguntou a fera com sua voz rouca. — As coisas sempre parecem melhores quando vistas através do fundo de um copo.

Tentei recusar a oferta, mas quando abri a boca só consegui emitir um engasgo de medo. Suas palavras me fizeram tremer, pois essa era uma das frases do meu pai. Aliás, dava para ver que era o vinho do meu pai. Eu sabia que ele tinha vendido dez garrafas para a fera no outono anterior: estavam alinhadas sobre a mesa atrás dos dois copos.

— Vinho é a segunda melhor coisa depois de sangue! — disse ele, mostrando os dentes outra vez. Ele já tinha aberto todas as garrafas, que agora estavam apenas tapadas com rolhas sem muita firmeza. — Estou com muita sede e espero que você não esteja esperando mais do que a sua parte justa. Quatro garrafas devem bastar para uma humana, não concorda?

Balancei a cabeça, recusando o vinho. Mas de repente uma pequena esperança se acendeu dentro de mim. Por que ele estaria me oferecendo vinho se fosse me matar?

— É um bom vinho — continuou a fera. — Seu velho pai o fez com as próprias mãos. Então ficarei feliz em beber também a sua parte. Não vamos desperdiçar, certo, pequena Nessa?

Novamente não falei, mas comecei olhar em volta da sala com mais atenção, meus olhos assimilando tudo: as garrafas e jarros nas muitas fileiras de prateleiras; a mesa comprida do lado oposto da sala, decorada com o que pareciam ser os esqueletos de pássaros e outros pequenos animais. Meus olhos pararam de perpassar os três tapetes de pele de cordeiro que adornavam o chão. Cada um tinha um tom mais vívido de vermelho. Certamente não era só tinta... Poderia ser sangue?

— Vejo que está admirando meus tapetes, pequena Nessa. É preciso muita habilidade para mantê-los assim. Sangue nunca permanece vermelho por muito tempo após sair do corpo.

Com essas palavras comecei a tremer da cabeça aos pés.

— A verdade, Nessa, é que eu gostaria de provar um pouco do seu sangue agora. — Eu me esquivei da fera com medo, mas ele continuou: — No entanto, você demonstrou boa-fé vindo até aqui me ver, me fazendo crer que vai cumprir com os termos do acordo que fiz com seu pai. Por isso a chamei aqui. E você passou no teste, me provando que é uma pessoa honrada que sabe cumprir um acordo. E também foi gentil o suficiente para recusar o vinho, de modo que as dez garrafas são minhas. Então vou deixar que volte para casa.

Enquanto eu começava a respirar com mais facilidade, ele prosseguiu:

— Esteja pronta amanhã ao anoitecer. Mate e salgue três porcos, mas colete até a última gota de sangue e preencha um latão de leite com ele; a viagem vai me deixar com sede. Prepare queijo e pão, velas e duas grandes panelas. Lubrifique as rodas da sua maior carroça. Eu levarei os cavalos, mas você terá que oferecer a aveia. E lembre-se de pegar bastante roupa quente e cobertores. Pode ser que neve antes do fim da semana. Levaremos suas duas irmãs para os tios, conforme prometi. Uma vez que isso seja feito, eu a conduzirei ao norte e a venderei no mercado de escravos. Sua vida será curta, porém útil para o meu povo.

Caminhei lentamente para casa, entorpecida pelo que tinha descoberto. Mas havia questões práticas a serem consideradas, tais como o que fazer com os animais da fazenda. Ficariam melhores se fossem dados para um dos nossos vizinhos. Eu tinha muito a organizar antes que a minha vida mudasse completamente. Eu iria me tornar uma escrava das feras e certamente não sobreviveria por muito tempo.

CAPÍTULO 3
A TORRE ESCURA

Cheguei à fazenda ao pôr do sol, conforme prometido, e fiquei contente ao encontrar as três irmãs Rowler prontas para a viagem.

Havia três troncos roliços no jardim, e no menor deles estava Bryony, puxando nervosamente os fios soltos de suas luvas de lã. Susan estava atrás de Bryony, com a boca torta como em uma careta, enquanto Nessa andava de um lado para o outro impacientemente. Esfriava mais a cada segundo. Elas sabiamente escolheram usar seus vestidos de lã mais quentes, mas os casacos que vestiam eram finos e puídos, oferecendo pouca proteção contra o frio.

Parei diante do portão aberto e encarei as meninas, quase babando. Olhando mais de perto, vi que a carne da irmã mais nova devia ser bem macia e provavelmente seria melhor comê-la crua; mesmo sem assar seria de derreter os ossos. Quanto a Susan, havia bastante carne em seus ossos mais velhos, mas eu sabia que seu sangue seria ainda melhor. Eu precisaria de toda disciplina do mundo para manter minha parte do contrato com o fazendeiro morto.

Descartando esses pensamentos da cabeça, guiei meu cavalo preto para o jardim, seus cascos batendo nos paralelepípedos. Atrás de mim eu trazia uma égua branca e um cavalo Shire para levarem a carroça que carregaria as duas meninas mais novas. Naquele mesmo dia, eu roubara os três cavalos.

Circulei o jardim três vezes antes de parar, depois me inclinei para baixo e mostrei os dentes em um largo sorriso. O pânico manifestou-se nos rostos de Bryony e Susan, mas Nessa caminhou corajosamente até mim e apontou para o abrigo além dos estábulos.

— A carroça está lá — disse ela, com o queixo erguido desafiadoramente — e já está carregada com os mantimentos, mas as malas estavam muito pesadas para nós...

Saltei do cavalo e flexionei meus dedos cabeludos perto do rosto de Nessa, estalando os ossos. Então, rapidamente, amarrei o cavalo Shire na carroça antes de levantar as três malas. Frágeis humanas... as malas eram leves como plumas.

Então sorri quando Nessa notou o sabre recém-afiado no meu cinto, o mesmo que pertencera a seu pai.

— Essa é a espada do meu pai! — protestou, arregalando os olhos.

— Ele não vai precisar dela agora, pequena Nessa — falei a ela. — Enfim, não temos tempo a perder com o passado. Essa égua branca é para você. Escolhi a dedo.

— Minhas irmãs vão na carroça? — perguntou ela.

— Claro... elas vão preferir a carroça a andar! — declarei.

— Mas Susan não tem experiência em manejar um cavalo e uma carroça, e o caminho pode se tornar difícil — protestou Nessa.

— Não tenha medo, pequena Nessa: o cavalo Shire será obediente à minha vontade e nada acontecerá às suas irmãs. Elas podem simplesmente ficar sentados atrás.

Não levei um minuto para respirar nas narinas do cavalo grande e usar minha magia para obter sua obediência. Ele me seguiria, movendo apenas quando eu me movesse e parando apenas quando eu parasse.

— Você disse que enterraria meu pai — acusou Nessa subitamente —, mas o corpo dele ainda estava jogado lá. Não se preocupe, eu mesma enterrei com a ajuda das minhas irmãs. No entanto, isso indica que você não cumpre suas promessas, afinal.

— Sempre honro um acordo, Nessa, mas não foi esse o caso, foi apenas uma oferta gentil que eu quis estender. Infelizmente me ocupei de providenciar esses cavalos e não tive tempo. Mas foi melhor você tê-lo enterrado. Afinal é uma compensação por ter fugido e deixá-lo para morrer sozinho.

Nessa não respondeu, mas uma lágrima escorreu por cada uma de suas bochechas e ela rapidamente deu as costas para mim e montou na sela enquanto suas irmãs subiam na carroça. À medida que cavalgávamos para o cruzamento, o ar ficou ainda mais frio, e o gelo começou a embranquecer a grama.

Fora difícil obter três cavalos em um prazo tão curto. Evito matar ou roubar na minha própria haizda, então eu tinha sido forçado a ir muito além para adquirir nossas montarias.

Eu esperava que Nessa não notasse a mancha escura de sangue do lado esquerdo da égua branca.

O conflito entre o meu povo e os humanos já acontece há pelo menos cinco mil anos. Em certas épocas, durante períodos de expansão dos Kobalos, ocorreram guerras de fato. Agora restava apenas hostilidade.

Meu domínio privado, minha haizda, é grande, contendo muitas fazendas e uma pequena quantidade de estabelecimentos que eu administro e controlo. Porém, uma vez além das fronteiras eu me torno um inimigo solitário, que provavelmente atrairá todo o tipo de atenção indesejada. Sem dúvida, ao ver as purrai comigo, humanos se juntariam e tentariam tirá-la de mim a força. Por isso era necessário ser vigilante e viajar quase sempre à noite.

Pouco antes do amanhecer do terceiro dia, começou a nevar.

A princípio os flocos eram finos e leves, praticamente não acrescentando à cobertura branca do gelo, mas a neve persistiu, se tornou mais pesada, e o vento começou a soprar forte do oeste.

— Não podemos viajar nessas condições — protestou Nessa. — Ficaremos presos em uma nevasca e vamos congelar até a morte!

— Não há escolha — insisti. — Temos que continuar. Eu sou resistente e aguento, mas, se pararmos agora, vocês pobres humanas vão morrer!

Apesar das minhas palavras, eu sabia que o tempo logo nos faria parar. As meninas não poderiam sobreviver por mais de alguns dias nestas condições, então fui forçado a mudar meus planos.

Com o céu agora claro com a luz cinzenta do alvorecer, decidi correr o risco, e após um curto descanso continuamos nossa jornada. Estávamos indo para o oeste agora, em vez de ir para o sul, diretamente para as garras do que havia se tornado uma tempestade de neve.

Inicialmente Susan e Bryony ficaram sentadas acovardadas sobre a lona e no fundo da carroça aberta; ambas reclamavam do frio, mas eu não podia culpá-las por isso. Depois, após mais ou menos uma hora, elas disseram que, enquanto se protegiam do clima sob a lona, o movimento da carroça as deixou enjoadas. Por isso, pelo resto do dia, elas mantiveram a cabeça para fora, expostas ao frio e à umidade da nevasca. Era apenas uma questão de tempo até morrerem congeladas.

Quando a luz começou a falhar, estávamos atravessando um bosque denso de abeto e pinheiros, indo para um declive em direção a um rio congelado com uma ladeira ainda mais íngreme além.

— Nunca vamos conseguir que nossos cavalos subam essa ladeira! — gritou Nessa. Ela tinha razão.

Na base à esquerda havia um portão de cinco barras. Aqui, oferecendo a purra um sorriso perverso, saltei do cavalo. Após um bom trabalho de tirar neve e puxar, consegui abrir a porta o suficiente para que o cavalo e a carroça passassem.

Uma trilha de pedra vulcânica corria ao lado do rio, e nela a neve não conseguia pegar: ao encostar cada floco derretia. A trilha estava fumegante.

Observei Nessa saltar e conduzir a égua pelo portão. Ela esticou o braço para testar a superfície com os dedos.

— Está quente! — guinchou ela, afastando os dedos, rapidamente.

— Claro que está! — respondi com uma risada. — De que outro jeito conseguiria se manter livre da neve?

Nessa foi até a carroça e falou com as irmãs.

— Vocês estão bem? — perguntou ela.

— Estou com muito frio — reclamou Susan —, mal consigo sentir as mãos ou o nariz.

— Estou passando mal, Nessa. Podemos parar? — perguntou Bryony.

Nessa não respondeu, mas olhou para mim.

— Para onde vamos?

— Uma hospedaria — respondi e, sem me incomodar em dar maiores explicações, montei novamente no cavalo e assumi a dianteira mais uma vez.

Os abetos e pinheiros deram lugar a sicômoros de folhas secas, carvalhos e freixos, que estavam esperando, sem folhas, a chegada do curto verão. Essas árvores se acumulavam sobre nós, escuras e espessas; seus troncos fortes enganchados como garras contra o céu cinzento. Era curioso ver essas árvores tão ao norte.

Logo veio um estranho silêncio: o vento de repente parou, e mesmo as batidas dos cascos e o barulho das rodas da carroça pareceram abafados.

Bryony, a filha mais nova, começou a chorar de frio. Antes que Nessa pudesse ir para perto dela oferecer palavras de conforto, virei e sibilei para ela, para garantir o seu silêncio, colocando meu dedo verticalmente contra os lábios.

Após mais alguns instantes, vi através das árvores uma fraca luz roxa que piscava como um olho gigante, abrindo e fechando. Finalmente uma construção se tornou visível.

Era uma torre escura, cercada por uma parede circular alta com ameias e um portão que só podia ser acessado através de uma ponte levadiça sobre um largo fosso.

— É isso que você chama de hospedaria? — questionou Nessa furiosamente. — Eu estava pensando em uma pousada com fogueiras acolhedoras e quartos limpos onde pudéssemos nos refugiar da tempestade e dormir confortavelmente. Minhas irmãs estão congelando até a alma. Que torre estranha e ameaçadora é essa? Parece não ter sido construída por mãos humanas.

A torre em si tinha mais ou menos nove andares de altura e era do tamanho de três ou mais casas de fazenda grandes combinadas.

Era feita de uma pedra roxa escura, e toda a estrutura brilhava enquanto água escorria por suas laterais. Pois, apesar de a neve ainda estar caindo pesadamente do céu escuro, ao redor de toda a torre o terreno estava completamente claro. Ambas as paredes e o solo estavam quentes, como se alguma fogueira gigante tivesse queimado com profundidade na terra. A fortaleza tinha sido construída sobre um ponto quente, um gêiser subterrâneo que aquecia as pedras da torre.

Eu passara uma noite nesta torre havia quase quarenta anos, a caminho de vender uma escrava e cumprir minhas obrigações legais sobre a lei de Bindos. Contudo, na época ela era controlada por alguém que agora estava morto, assassinado por Nunc, o Alto Mago que se tornara o atual encarregado da torre.

Sorri para Nessa.

— Não é o seu tipo de hospedaria. Mas órfãos não têm escolha. É uma kulad, uma fortaleza construída pelo meu povo. É melhor ficar perto de mim se quiser sobreviver a essa noite.

Na medida em que avançamos, ouvi engasgos das duas irmãs mais novas, e o portão começou a subir. O som das correntes e da cremalheira era alto e claro, mas não havia guardião no portão, e ninguém saiu para nos receber nem nos desafiar.

Guiei as purrai pelo jardim interno circular em direção aos estábulos com feno fresco para os cavalos e um abrigo sob o qual a carroça poderia ficar protegida dos piores elementos. Em seguida, levei-as por uma porta estreita para uma escada em espiral que subia no sentido anti-horário para a torre escura. A cada dez passos havia tochas em apoios de ferro presos à parede. As chamas amarelas dançavam e piscavam, apesar de o ar estar perfeitamente parado, mas não eram suficientes para espantarem as sobras que se reuniam sobre eles.

— Não gosto daqui — choramingou Bryony. — Posso sentir alguém nos observando. Coisas horríveis escondidas na escuridão!

— Não há nada aqui com que se preocupar — disse Nessa à irmã. — É só sua imaginação.

— Mas pode ter insetos e ratos — reclamou Susan. Por mais suculenta que fosse, a voz dessa purra estava começando a me irritar.

Começamos a subir as escadas; portas de madeira eram espaçadas em intervalos, mas depois chegamos a três bem próximas, então as escolhi para as irmãs. Cada uma tinha uma tranca de ferro enferrujada, cada qual com uma chave de aço grande inserida.

— Um quarto quente para cada uma de vocês — falei, minha cauda levantando de irritação. — Estarão seguras se eu trancar a porta. Tentem dormir. Não haverá janta, mas o desjejum será servido logo após o amanhecer.

— Por que não podemos dividir um quarto? — questionou Nessa.

— São muito pequenos — expliquei, abrindo a primeira porta. — E cada um só tem uma cama. Meninas jovens em fase de crescimento como vocês precisam descansar.

Nessa olhou para dentro, e eu vi o desânimo em seu rosto. Era de fato pequeno e apertado.

— É sujo aí dentro — reclamou Susan, fazendo muxoxo.

Bryony começou a choramingar.

— Quero ficar com a Nessa! Quero ficar com a Nessa!

— Por favor, deixe Bryony dividir o quarto comigo — pediu Nessa, fazendo um último apelo desesperado. — Ela é muito nova para ficar sozinha em um lugar como esse...

Mas não prestei atenção e, contorcendo o rosto em uma expressão selvagem, empurrei-a violentamente para dentro. Em seguida bati a porta atrás dela e girei a chave para trancá-la. Rapidamente fiz o mesmo com cada uma das irmãs.

Embora a crueldade faça parte da minha natureza, não foi isso que suscitou meu comportamento agora, e sim a própria segurança delas, confinando-as separadamente para marcá-las como três itens distintos de minha propriedade, segundo os costumes do meu povo.

Não havia escolha que não trazer as três meninas para lá — em pouco tempo teriam morrido de frio lá fora. Estávamos agora muito além do último vestígio de civilização, e esse era o único refúgio disponível. Era um lugar perigoso, mesmo para um mago de haizda, e eu não podia ter certeza de que seria bem-vindo. Agora, como era de costume, eu precisava subir ao topo da torre para prestar reverência ao seu mestre, Nunc. Ele tinha uma reputação intimidadora e governava através do medo.

Era um Alto Mago, a mais alta patente dos magos Kobalos. Como forasteiros que habitamos nossos próprios territórios individuais longes de Valkarky, nós, haizdas, não cabemos nessa hierarquia. Não temos um Alto Mago, mas presto reverência se for necessário. Se eu fosse forçado a lutar contra ele, não sei ao certo qual seria o resultado. Mesmo assim, eu estava curioso para conhecer Nunc pessoalmente e ver se ele correspondia às histórias que eram contadas a seu respeito. Dizia-se que, durante um ataque contra um reino humano, ele devorara os sete filhos do monarca na frente dele antes de arrancar a cabeça do pobre rei usando apenas as próprias mãos.

O ar se tornava mais quente e úmido e meu desconforto aumentava conforme eu subia as escadas em espiral. Tal era a peculiaridade dos Altos Magos: às vezes eles procuravam de propósito um ambiente difícil para provar a própria resistência.

Apesar de eu agora estar no campo visual do andar superior, não vi nenhum guarda, mas minha cauda me dizia que muitos servos de Nunc estavam por perto, nas áreas subterrâneas abaixo da torre.

Havia apenas uma porta no primeiro andar, que eu abri. Vi a mim mesmo na antessala. Essa era uma casa de banho onde servos e convidados de Nunc podiam se limpar antes de continuar. No entanto, eu nunca tinha visto uma dessas. Em salas assim, a água costumava ser desconfortavelmente quente, mas a temperatura aqui era extrema. O ar era repleto de um vapor sufocante, e eu imediatamente comecei a sentir dificuldade de respirar.

Todo o recinto, exceto por uma faixa de pedra do perímetro e um arco estreito que oferecia uma ponte para o lado oposto, era reservado a uma imensa banheira, cheia de água tão quente a ponto de nublar a minha visão.

Nunc, o Alto Mago, estava imerso na água até o peito, mas seus joelhos eram visíveis, e sobre cada um deles ele apoiava uma mão enorme e cabeluda. Seu rosto era bem cheio, barbeado conforme a tradição dos magos Kobalos. A barba curta era preta, exceto por um pedaço cinza abaixo da testa — uma cicatriz de duelo da qual ele tinha muito orgulho.

Apesar de Nunc ser imenso — quase meio corpo a mais que eu —, não me senti minimamente ameaçado por seu porte. Tamanho era relativo, e, como haizda, em um instante eu poderia aumentar minha estatura para ficar em pé de igualdade.

— Entre na água, convidado — rugiu Nunc. — Minha casa é sua casa. Minhas purrai são suas purrai.

Nunc falou comigo em bélico, a língua comum e informal dos Kobalos; fazia anos que eu não escutava aquele idioma, e aquilo soou estranho, quase como se o tempo que passei perto dos humanos tivesse alienado meu próprio povo. Fique ressabiado. Eu nunca tinha encontrado Nunc antes, e um Kobalos falar em bélico com um desconhecido implicava calidez e amizade, mas para minha preocupação era frequentemente empregado antes de se oferecer um acordo. Eu não tinha nada que pudesse permutar.

Fiz uma reverência e, após remover meu cinto e meu sabre, que posicionei cuidadosamente contra a parede, desabotoei os treze botões do meu casaco e o pendurei em um dos ganchos na traseira da porta. Estava um pouco mais pesado do que de costume, pois com ele carregava as três chaves dos quartos das meninas. Em seguida, removi as listras diagonais e as capas das duas lâminas curtas e as repousei ao lado do sabre.

Finalmente tirei as botas e me preparei para entrar na água. Precisaria de muita concentração e força de vontade para que eu aguentasse uma temperatura tão alta, mas eu tinha que imergir-me, ainda que por pouco tempo, para obedecer aos costumes da hospitalidade. Não podia oferecer a Nunc qualquer pretexto para agir contra mim de maneira alguma.

A água estava muito desconfortável, mas mesmo assim entrei, forçando-me a aguentar. Contudo, os pensamentos já estavam perturbando minha concentração. Lembrei-me da saudação de Nunc e de repente fiquei desanimado por sua referência a purrai.

Purrai são fêmeas humanas, normalmente criadas nos cativeiros skleech de Valkarky — às vezes para escravidão, mas principalmente para serem devoradas. O termo também se aplica a fêmeas humanas como as três irmãs. O fato de que Nunc mantinha purrai em sua torre me surpreendeu um pouco, mas oferecê-las tão prontamente a um convidado era sinal de desrespeito. Isso, somado ao uso da língua bélica, sugeria que ele de fato desejava fazer uma troca.

As palavras seguintes de Nunc imediatamente confirmaram a minha tese.

— Ofereço-lhe minhas três purrai mais valiosas, mas exijo algo de você em troca. Você deve me dar suas próprias purrai.

— Com a maior cortesia e respeito, devo declinar sua generosa oferta — disse a ele. — Estou preso por uma promessa que fiz. Devo entregar minhas três purrai aos parentes delas em Pwodente.

Nunc rugiu no fundo da garganta.

— Promessas feitas a humanos não têm qualquer valor aqui: como Alto Mago, exijo sua obediência. Preciso da criança mais nova esta noite no banquete de Talken, o Vindouro. Uma carne tão jovem e saborosa vai agraciar a ocasião.

— Apesar de respeitar sua posição, Lorde — respondi, mantendo a voz educada e deferente —, eu não lhe devo nenhuma obediência pessoal. As purrai são minha propriedade e eu tenho o direito natural sob a lei dos Kobalos de fazer o que considerar mais adequado com elas. Então, sinto muito, mas devo declinar sua oferta.

Era verdade que eu devia respeitar Nunc como Alto Mago, mas eu tinha todo direito de recusar sua oferta. E aí o assunto deveria ter terminado, mas assim que acabei de falar senti uma dor súbita e aguda na perna esquerda, perto do calcanhar. Foi como se alguém tivesse picado minha carne com a ponta de uma lâmina e girado.

Instintivamente, estiquei a mão e toquei algo que fugiu da minha garra e rapidamente ondulou para longe pela água.

Maldisse minha própria estupidez, percebendo que tinha sido mordido por alguma espécie de cobra aquática. O calor e o vapor tinham entorpecido meus sentidos; do contrário, eu teria detectado a criatura ao entrar na antessala. Se tivesse levantado a cauda, certamente teria notado, mas tal ato era impensável; teria sido uma violação séria de etiqueta e um grave insulto ao meu anfitrião. Nunca imaginaria algo tão traiçoeiro.

Temendo pela minha vida, eu me virei e tentei sair da banheira.

Mas já era tarde demais. Voltei novamente para a água, ciente de que meu corpo estava rapidamente ficando dormente. Já estava difícil respirar e meu peito estava cada vez mais apertado.

— Você está morrendo — disse Nunc, sua voz grave ecoando das paredes. — Devia ter aceitado minha oferta. Agora suas purrai são minhas e não preciso lhe dar nada em troca.

Tremendo de dor, caí em uma intensa escuridão. Eu não tinha medo de morrer, mas estava muito envergonhado por ter sido derrotado com tanta facilidade. Errei em subestimar Nunc. Skaiium me surpreendeu quase sem que eu notasse. Eu realmente tinha amolecido. Não podia mais ser um mago haizda.

CAPÍTULO 4
A FERA DOS KOBALOS

◈ NESSA ◈

Você precisa ser corajosa, Nessa, falei a mim mesma. Se algum dia precisou de coragem, esse dia é hoje — pelo seu bem e principalmente pelo bem das suas irmãs!

Eu estava trancada em um pequeno quarto alongado sem janela. Havia um cotoco de vela preso em um espeto enferrujado na parede, e com aquela luz brilhando examinei meus arredores.

Meu coração afundou em desânimo, pois, na verdade, isso não passava de uma cela; não havia móveis — apenas um monte de palha suja no canto.

Dava para ver manchas escuras nas paredes de pedra, como se algum líquido tivesse sido entornado ali, e eu temia que pudesse ser sangue. Estremeci e fui olhar mais de perto, imediatamente sentindo o calor irradiando da parede. Pelo menos não sentiria frio. Isso era um pequeno conforto.

Um buraco no chão com uma tampa enferrujada de metal servia para as necessidades; e havia um jarro de água, mas nenhuma comida.

Por um instante, enquanto eu assimilava o ambiente, senti um breve desespero, logo substituído por fúria.

Por que a minha vida deveria acabar antes mesmo de começar?

A profunda tristeza que senti com a morte súbita do meu pai tinha se transformado na dor permanente da perda. Eu o amava, mas estava com raiva. Ele não tinha pensado nos meus sentimentos? O que ele tinha dito em sua carta?

Se fosse necessário, eu teria me sacrificado por você. Agora você precisa se sacrificar por suas irmãs mais novas.

Que presunção me mandar sacrificar minha própria vida pelas minhas irmãs! Como era fácil dizer isso! Esse sacrifício nunca foi pedido a ele. Ele agora estava morto, livre deste mundo terrível. Minha dor estava apenas começando. Eu me tornaria escrava destas feras. Jamais teria minha própria família — nada de marido e filhos para mim.

Cheguei a porta, mas não havia maçaneta na parte de dentro e eu tinha ouvido a chave girar na fechadura. Não havia como sair da cela. Comecei a choramingar, mas não foi autopiedade que substituiu minha raiva; chorei por minhas irmãs — a pobre Bryony estaria apavorada em uma cela assim sozinha.

Como fora rápida nossa queda de relativa felicidade a esse estado de miséria. Nossa mãe tinha morrido no parto de Bryony, mas desde aquele dia nosso pai fizera o melhor possível, sustentando-nos e negociando corajosamente com a fera dos Kobalos — Slither, ele chamava — para que ficasse longe. Tivéramos pouco contato com a cidade mais próxima e as outras fazendas, mas o suficiente para saber de seu reinado de terror e para percebermos que tínhamos sido poupadas do medo e do sofrimento que outros na vizinhança passaram.

Tive a impressão de poder escutar Bryony chorando na cela ao lado, mas quando coloquei a orelha na parede só ouvi o silêncio.

Chamei o nome dela o mais alto que pude — duas vezes seguidas. Após cada tentativa tentei escutar cuidadosamente com a orelha na parede. Mas não obtive resposta audível.

Após um tempo minha vela se apagou, jogando-me na escuridão, e mais uma vez pensei em Bryony. Sem dúvida a vela dela faria o mesmo, e ela ficaria apavorada. Minha irmã sempre teve medo do escuro.

Eventualmente peguei no sono, mas fui subitamente acordada pelo som de uma chave girando na fechadura. A porta rangeu nas dobradiças e se abriu lentamente, preenchendo a cela com uma luz amarela.

Eu esperava ver Slither, e fiquei tensa, me preparando para o que quer que acontecesse em seguida. Contudo, vi surgir uma mulher jovem segurando uma tocha e me chamando com a outra mão.

Ela era a primeira mulher, exceto por minhas irmãs, que eu via desde que deixara a fazenda.

— Ah, obrigada! — gritei. — Minhas irmãs... — Mas meu sorriso de alívio logo congelou no meu rosto quando vi a expressão feroz em seus olhos. Ela não estava aqui como amiga.

Seus braços nus eram cobertos de cicatrizes. Algumas eram lívidas e bem recentes. Outras quatro mulheres estavam atrás dela; duas tinham cicatrizes múltiplas nas bochechas. Por que seria? Será que tinham lutado entre si? Fiquei imaginando. Três carregavam clavas; a quarta, um chicote. Eram todas bastante jovens, mas tinham os olhos cheios de raiva e os rostos muito pálidos, como se nunca tivessem visto a luz do sol.

Levantei. A mulher me chamou outra vez e, diante de minha hesitação, entrou na cela, me puxou pelo antebraço e me arrastou pesadamente para a porta. Gritei e tentei resistir, mas ela era forte demais.

Para onde estavam me levando? Eu não podia permitir que me separassem das minhas irmãs.

— Susan! Bryony! — gritei.

Do lado de fora, tive ambos os braços torcidos às minhas costas. Fui forçada a subir a escadaria íngreme até, bem no topo, chegarmos a uma entrada. As mulheres me empurraram violentamente por ela, fazendo com que eu perdesse o equilíbrio e caísse estatelada no chão, que era liso e morno. Tinha azulejos ornados, cada um retratando alguma criatura exótica que só podia ter vindo da imaginação do artista. Era quente e úmido do lado de dentro, o ar, cheio de vapor. Mas na frente, ao me ajoelhar, vi uma banheira enorme afundada no chão.

Depois que me empurraram novamente para dentro, as mulheres voltaram para as escadas, primeiro trancando a porta atrás delas. Levantei e fiquei de pé com as pernas tremendo, imaginando o que aconteceria em seguida. Por que eu tinha sido trazida aqui?

Espiando por entre o vapor, vi uma ponte estreita que passava sobre a banheira até a entrada de uma grande porta de ferro enferrujado do outro lado. Então ouvi alguém gritar de dor. Aquela porta me encheu de medo. O que havia do outro lado?

Meus temores se agravaram e meu coração despencou, pois parecia a voz de Susan. Certamente não poderia ser ela, podia? Eu não tinha ouvido nada do meu quarto. Mas quando os gritos se repetiram, tive certeza. O que estava acontecendo com ela? Alguém a estava machucando. As mulheres deviam tê-la arrastado para lá também.

Mas por que, já que a fera tinha prometido nos proteger? Nosso pai sempre alegara que ele era uma criatura que mantinha sua palavra — que acreditava no que chamava de "acordo" e sempre honrava o que prometia. Se era esse o caso, como ele poderia permitir que isso acontecesse? Ou será que tinha mentido — que era *ele* quem estava ali causando dor?

Caminhei pela borda da banheira. Depois parei e pela primeira vez notei o casaco preto pendurado no cabide atrás da porta. Abaixo dele, o cinto e o sabre que outrora pertenceram ao meu pai. Será que Slither estava agora do outro lado daquela porta, causando dor a Susan?

Eu tinha que fazer alguma coisa. Meus olhos deslizaram aqui e ali, pelo comprimento da sala, olhando para qualquer lugar que não a porta. De pronto vi algo escuro na banheira perto da parede à minha esquerda. O que era? Parecia alguma espécie de animal escuro peludo flutuando de cabeça para baixo na água.

A criatura parecia pequena demais para ser a fera que se chamava de Slither — não tinha nem um quarto do seu tamanho —, mas eu me lembrava de que meu pai já tinha me contado uma vez sobre como um mago de haizda conseguia mudar seu próprio tamanho utilizando magia negra. Espiando através das cortinas quando ele visitava a nossa fazenda, eu também já tinha visto evidências disso, pois a fera de fato parecia variar de tamanho em alguns dias. Lembrei-me do olho imenso que tinha olhado através do espaço entre as cortinas quando Slither visitara a casa após a morte do meu pai. Eu tinha presumido que aquilo fora fruto da minha própria imaginação, alimentada pelo medo. Mas e se realmente tivesse sido a fera? Será que ele realmente conseguia ficar grande daquele jeito? Se sim, certamente também podia encolher.

Mas se esse corpo fosse de Slither, então quem tinha feito isso com ele? Como ele tinha se afogado nessa banheira? De repente tive a impressão de ver o pé esquerdo da fera tremer levemente, e me aproximei.

Será que ainda estava vivo? Se estava, parte de mim queria empurrá-lo para o fundo da banheira e afogá-lo. Nada me deixaria mais feliz, e ele estava indefeso agora. Eu nunca mais teria uma chance como aquela de acabar com ele. Mas não era possível. Estávamos em um lugar perigoso, habitado por outras destas feras. Sem a proteção dele, nós três morreríamos ali.

Então, sem pensar duas vezes, me ajoelhei perto da água e, me inclinando, agarrei-o firmemente pela nuca.

Mesmo ao fazê-lo, vi alguma coisa se movendo muito rapidamente através da água em direção a minha mão; instintivamente soltei a fera e recuei. Era uma pequena cobra preta com três pontos amarelos vívidos na cabeça. Eu já tinha visto cobras nos campos, mas nunca uma tão impressionante quanto aquela.

Observei a ondulação ir para longe, movendo-se mais devagar agora, mas era difícil enxergar através do vapor. Sabendo que poderia circular e voltar a qualquer momento, não perdi tempo e dessa vez agarrei a fera com as duas mãos — na base do pescoço e na lombar —, envolvendo os dedos em seu pelo.

— Vamos! — disse a mim mesma. Fiz força e puxei para cima com toda a minha energia.

A banheira estava cheia quase até a boca, mas mesmo assim tive dificuldade de puxar a criatura para fora da água. Fiz um esforço final e consegui arrastá-lo para a lateral, onde me ajoelhei, fraquejando pelo esforço. Novamente o grito veio além da porta, e dessa vez eu tive certeza de Susan estava em apuros.

— Por favor! Por favor! — gritou ela. — Não faça isso! Está doendo muito. Alguém me ajude! Por favor, me ajude ou vou morrer!

Minha garganta se fechou de angústia. Eu não suportava a ideia de uma dessas criaturas machucando-a.

Slither havia prometido nos proteger: ele tinha obrigação com a promessa; sem ele estávamos completamente à mercê dos outros habitantes da torre. Quando olhei para baixo para o corpo desgastado, porém, ele não exibia qualquer sinal de vida, o que me deixou completamente desesperada. Novamente ouvi um grito aterrorizado de dor de Susan. Em resposta, imbuída de raiva e desespero por tudo e especialmente pela dor da minha irmã, comecei a bater no corpo de Slither. Ao fazê-lo, um pouco d'água saiu de sua boca e formou uma pequena poça marrom ao lado da cabeça.

A cor do líquido me deu uma ideia. De repente percebi que havia, afinal, mais uma coisa que eu poderia fazer; uma última tentativa de reanimá-lo.

Sangue! Sangue humano! Uma vez meu pai me disse que essa era a principal fonte de poder de Slither.

Rapidamente me levantei e fui até a porta, onde o casaco preto da fera estava pendurado. Lá, fiquei na ponta dos pés e peguei o sabre que outrora pertencera ao meu pai e o levei até onde a criatura estava. Ajoelhando, virei o corpo dele.

Meus olhos subiram a partir dos pés dele, notando com desgosto o emaranhado de pelos pretos. Sua boca estava aberta, e a língua, caída de lado sobre os dentes, pendurada quase até a orelha esquerda. Aquela imagem me enojava e me repelia.

Nervosa e antecipando a dor, posicionei meu braço logo acima da boca de Slither e, com o sabre, fiz um rápido corte na minha carne. A lâmina tinha sido afiada e abriu meu antebraço mais profundamente do que eu pretendia. Senti uma dor aguda e uma sensação de picada. Em seguida meu sangue estava caindo como uma chuva escura na boca aberta da fera.

Capítulo 5
Preciso me alimentar!

Foi meu quinto sentido, o do paladar, que me despertou da escuridão na qual eu havia caído. Minha boca estava cheia de sangue morno e doce.

Engasguei e tossi, mas depois consegui engolir, e o líquido rico deslizou para minha barriga, trazendo-me de volta à vida. Meu senso de olfato retornou em seguida. O odor convidativo do sangue de uma fêmea humana preencheu minhas narinas. Ela estava muito perto e cheia do mesmo sangue delicioso que, inclusive agora, ainda enchia minha boca.

O sentido seguinte que voltou foi o tato. Começou com um formigamento nas extremidades que rapidamente se tornou uma chama, de modo que meu corpo inteiro estava queimando. Foi então que meus sensores auriculares de repente voltaram a funcionar, e, ao ouvir alguém chorando, abri os olhos e fitei estupefato a figura de Nessa, que estava ajoelhada sobre mim, com lágrimas correndo pelo rosto. Vi o sabre em sua mão direita. Minha mente estava fraca, e por um instante achei que ela pretendesse me atacar com ele.

Tentei erguer os braços para me defender, mas eu estava muito fraco e não conseguia nem rolar para longe. Para minha surpresa, porém, ela não me atacou. Fiquei lá deitado olhando para ela, tentando entender o que estava acontecendo.

Lentamente comecei a entender por que ela estava segurando a espada, enfim ligando sua ponta afiada ao sangue que caía em mim do corte profundo em seu antebraço.

Então, enquanto minha memória voltava, lembrei-me da manobra traiçoeira de Nunc... A mordida da cobra d'água. Eu tinha morrido. Ou pelo menos foi o que pareceu. O sangue continuava caindo na minha boca, mas agora tinha menos. Engoli novamente, em seguida estiquei o braço, tentando puxar o de Nessa para a minha boca. Eu precisava de mais sangue, mas fui lento demais e, após me lançar um olhar de nojo, ela puxou o braço para fora do meu alcance.

A essa altura o sangue já tinha produzido seu efeito e eu consegui rolar e me ajoelhar, sacudindo-me violentamente como um cachorro que espalha gotas d'água se por todas as direções. Minha mente estava trabalhando mais depressa agora. Eu estava começando a pensar. Começando a entender a importância do que Nessa tinha feito por mim.

Ela tinha me dado seu sangue. E aquele sangue humano tinha fortalecido minha magia shakamure, combatido os efeitos da picada da cobra e me trazido de volta da beira da morte. Mas por que ela tinha feito isso? E por que ela estava aqui e não mais trancada na cela?

— Minha irmã. Alguém está machucando minha irmã ali. Ajude-a, por favor! — implorou Nessa, apontando para a porta do outro lado da ponte. — Você prometeu que estaríamos seguras...

Então ouvi mais um barulho. Era o choro distante de uma garota, vindo de trás da porta do aposento privado de Nunc.

— Ela foi levada para lá! — continuou Nessa, sua voz se tornando mais exasperada. — E onde está Bryony? Uma mulher terrível me jogou aqui dentro e trancou a porta. Eu acabei de salvar a sua vida, então você está em dívida comigo! Ajude-nos, por favor!

Levantei, trêmulo, e ergui a cauda. Com ela, senti Nunc e soube por que Susan tinha gritado. Ele estava tomando seu sangue. Fiquei enfurecido por Nunc desrespeitar os costumes Kobalos desse jeito e se apoderar da minha propriedade assim. Mas eu também estava muito endividado com Nessa. Ela tinha razão: eu lhe devia a minha vida.

Era estranho reconhecer algo assim. Uma fêmea humana não era nada. Na cidade de Valkarky ela era apenas propriedade. Então por que eu deveria me sentir assim? E se realmente fosse skaiium, a suavização da minha natureza predadora? Uma coisa assim seria de fato insuportável.

Virei para encarar Nessa. Eu mataria Nunc e endureceria minha natureza novamente no processo. Nada era mais importante.

— Me dê a lâmina! — ordenei, simultaneamente me inchando e aumentando de tamanho, de modo que fiquei uma cabeça mais alto do que a menina.

Agora chorando, Nessa a estendeu para mim. Sua mão estava tremendo, mas vi que o sangue praticamente tinha parado de fluir do seu braço esquerdo e estava começando a coagular. Em vez de pegar a lâmina ali mesmo, virei as costas para a menina e fui buscar meu casaco e minhas botas.

Primeiro calcei as botas, amarrando-as cuidadosamente, em seguida prendi as alças nos ombros e no peito, verificando se as lâminas curtas estavam corretamente posicionadas nas duas capas.

Por fim vesti o casaco, percebendo ao fazê-lo que as três chaves tinham sido removidas. Ao abotoar os treze botões, Susan gritou novamente do outro lado da porta.

— Por favor... por favor, depressa! — implorou Nessa.

Mas eu sabia que era importante evitar uma pressa indevida. Apesar da raiva, devia proceder com cautela, escolhendo o momento e atacando somente quando a ocasião permitisse. Nunc estava sozinho com a menina, mas podia haver até três guerreiros abaixo da torre, prontos para defenderem seu Alto Mago.

— Então, quem a trouxe aqui? — perguntei, afivelando o cinto.

— Não foram guerreiros Kobalos?

— Não. Eram mulheres.

— Quantas?

— Cinco.

Estendi a mão para pegar o sabre. Então as purrai tinham trazido Susan para Nunc para que ele pudesse beber seu sangue lentamente, saboreando cada gole. Sem dúvida ele tinha em mente uma espécie diferente de prazer quando fosse lidar com Nessa, porque ela era magra demais e seu sangue seria fino. Ele a usaria para prática de lâmina, tentando cortá-la o máximo de vezes possível sem matá-la. Eventualmente ela teria morrido de choque e perda de sangue. A essa altura eu tinha certeza de que a criança, Bryony, tinha sido entregue aos guerreiros para prepararem o banquete.

Eu estava me sentindo melhor agora. Estava mais forte, mas ainda não o suficiente. Um pouco mais de sangue ajudaria. Eu sabia que a atitude mais sensata seria tomá-lo de Nessa à força, mas algo em mim resistiu a essa alternativa. Então me lembrei da cobra!

Fui até a beira da banheira e me ajoelhei, colocando a mão na água quente.

— Cuidado! — exclamou Nessa. — Tem uma cobra aí!

— Isso eu descobri da pior maneira, pequena Nessa. Ela foi a responsável por me colocar na posição em que por sorte você me encontrou. Agora é a vez de ela sofrer!

Eu provavelmente fui mordido pela pequena cobra preta conhecida como skulka, amplamente temida, pois sua mordida induzia uma paralisia rápida. Traz vantagem para um assassino, porque a presença do veneno no sangue é quase impossível de ser detectada depois. Suas vítimas se tornam indefesas assim que o veneno entra na corrente sanguínea. Depois morrem em agonia. Sem dúvida Nunc tinha desenvolvido sua imunidade se expondo gradualmente à toxina — a criatura provavelmente era de estimação.

Minha cauda estava ereta às minhas costas e, com mais precisão do que olho ou ouvido, ela me disse exatamente onde a cobra estava: ondulando rapidamente em direção à minha mão agora.

Mas no momento exato em que a skulka abriu a boca, com as presas prontas para o ataque, eu fui rápido e a arranquei da água. Segurei-a no alto, abaixo da cabeça para que ela não conseguisse me morder. Em seguida — enquanto Nessa assistia horrorizada — arranquei sua cabeça com uma mordida e a cuspi na água, antes de sugar o sangue de seu corpo.

Não chegou nem perto de ser o suficiente, então arranquei outro pedaço da cobra e comecei a mastigar cuidadosamente. A menina tola lutou para controlar seu nojo. Ela não podia ver que eu estava fazendo o que era preciso para salvar sua irmã? Enquanto eu engolia a carne, Susan gritou mais uma vez do outro lado da porta.

Virei-me e sorri para Nessa.

— Tenha paciência, pequena Nessa. Preciso de força. Se eu estiver fraco, todos nós morreremos.

Só quando terminei de comer toda a cobra é que atravessei a ponte estreita e me aproximei da porta enferrujada. Conforme esperava, estava destrancada. Então abri e entrei em uma passagem estreita que culminava em outra porta. Também abri essa, e, com Nessa logo atrás de mim, adentrei corajosamente os aposentos privados de Nunc.

Este recinto espaçoso funcionava como escritório, sala de armas privada e quarto de um Alto Mago Kobalos. Como tal, era uma mistura curiosa de estilo espartano e luxuoso. Sobre as pedras vazias havia uma mesa grande de carvalho, suas bordas enfeitadas com a melhor prata de um tipo que reconheci imediatamente. Era prata de qualidade Combe, obtida havia 53 anos em uma guerrilha ousada naquele território humano bem ao sul. As façanhas de Nunc eram bem conhecidas. Ele tinha conquistado muito, mas sabia-se que era egoísta e tinha trabalhado para garantir que sua fama se espalhasse.

Na parede oposta havia escudos, machados, lanças e lâminas de diversos tipos pendurados — alguns bem exóticos —, e abaixo deles havia uma mesa grande coberta por mapas e pilhas de papéis, segurados por grandes pesos de papel azul.

Os aposentos da minha árvore ghanbala também contêm artefatos esteticamente agradáveis, mas, em vez dessa exibição ostensiva de mapas e árvores, eles representam meus próprios interesses: jarras de ervas, pomadas e fauna e flora preservadas, que aumentam meu conhecimento sobre o mundo natural e são úteis para a minha magia.

Aqui as paredes eram tão ostensivas que nenhum traço de pedra era visível; algumas eram talhadas com representações de guerreiros em traje completo de combate, inclusive o último Rei de Valkarky, que tinha sido morto por um assassino.

Vi Nunc, com Susan em sua garra, seus dentes enfiados no pescoço da menina. A essa altura ela estava inconsciente, e foi Nessa que de repente gritou atrás de mim, alertando o Alto Mago para a ameaça que eu representava.

Ele libertou a criança imediatamente e deu um salto para trás. Enquanto Susan caía no chão, o sujeito pegou uma lança enorme da parede e a segurou no alto, apontando para mim. Ele estava vestido formalmente para o banquete, e infelizmente estava usando uma cota-de-malha que julguei espessa o suficiente para evitar uma lâmina. Mas ele tinha intenção de comer, não de brigar. Portanto, tanto sua cabeça quanto sua garganta estavam expostas e vulneráveis ao aço afiado.

— Lord Nunc! — gritei, com a voz carregada de raiva. — Você tem algo que é meu e agora tem que devolver!

Ao falar, ergui a cauda de forma ereta nas minhas costas, para logo me informar sobre as intenções do meu inimigo. Felizmente o fiz. Não houve qualquer indício visível de que Nunc iria atacar — nem mesmo um tremor ou músculos tensionando —, mas em resposta ele arremessou a lança direto contra a minha cabeça. Como disse, a cauda já tinha me alertado para isso, e eu estava preparado. Quando a arma voou na minha direção, mexi apenas uma parte do meu corpo: levantei o braço e, usando a parte larga e lisa da lâmina do sabre, desviei habilidosamente a lança, de modo que ela atingiu a parede perto da porta e caiu inofensivamente no chão de pedras.

Susan abriu os olhos e em seguida conseguiu se ajoelhar no chão, seus olhos encarando desesperadamente a cena ao seu redor. No instante em que ela começou a gritar, Nunc correu para a parede oposta, pegou um sabre e um escudo e se virou para me encarar.

Ele era claramente forte: os músculos do seu tronco, embora um pouco grosso na barriga, exibiam seu treinamento diário em artes marciais.

Eu mesmo treinava todo dia quando mais novo, antes de me tornar um mago de haizda. Mas agora era a caça que me mantinha em forma, e durante a batalha eu preferia confiar nos meus instintos a seguir as rotinas de um Alto Mago.

Podia ser que Nunc não estivesse mais no auge, mas ele ainda seria perigoso. E eu tinha consciência de que meu episódio na água havia afetado minha própria energia. Portanto eu não poderia suportar uma luta demorada. Para vencer, eu precisava finalizar Nunc rapidamente.

Com a mão esquerda desabotoei os três botões superiores do meu casaco e saquei de lá de dentro uma lâmina curta. Agora, brandindo duas lâminas, circulei a mesa e comecei a avançar lentamente em direção ao mago.

Com o canto do olho, vi Nessa correndo até Susan. Achei que ela estivesse correndo para confortar a irmã, mas então, para meu espanto, ela pegou a lança que estava no chão e atacou Nunc.

Quando a lança se estilhaçou contra o seu escudo, ele o usou como um taco, balançando-o de lado contra a menina. Acertou-a no ombro, e ela voou contra a parede.

Vi minha oportunidade. Nunc tinha cometido o erro que iria matá-lo. Aproveitando a chance que se apresentou com o ataque desgovernado de Nessa, avancei logo atrás dela e, com um golpe de sabre, cortei a garganta de Nunc.

Ao ver minha aproximação ele tentou puxar de volta o escudo para se proteger, mas era tarde demais. Meu golpe veio com tal força e velocidade que a cabeça dele quase foi arrancada. Enquanto caía no chão de pedras, coloquei meu sabre e minha adaga de lado e me ajoelhei perto do Alto Mago moribundo.

Precisava me alimentar. O sangue dele representava força. Prometia uma chance de escapar da fortaleza.

Enquanto o sangue jorrava do pescoço de Nunc, me alimentei gananciosamente, bebendo o líquido quente e doce em grandes goles, sentindo a força vital preenchendo meu corpo com nova potência.

CAPÍTULO 6
O ASSASSINO SHAIKSA

Quando terminei, me levantei e arrotei alto. Melhor fora do que dentro!

A essa altura Nessa estava novamente de pé, segurando o ombro e fazendo uma careta de dor. Fiquei impressionado com sua coragem — suas ações facilitaram minha vitória sobre Nunc. Seu rosto estava pálido e eu podia ver que ela estava tremendo, mas, exceto por um pequeno hematoma, sem dúvida teria total recuperação. Purrai eram muito resistentes. Sorri para ela, mas ela apenas me encarou de volta — uma expressão de horror e nojo no rosto. Então lambi os beiços, voltei para a banheira e me ajoelhei ao lado da água. Abaixei até estar quase tocando sua superfície quente, em seguida comecei a lavar o sangue do meu rosto e cabelo com as duas mãos.

Enquanto eu terminava, Nessa e Susan entraram no recinto de braços dados. Virei para encarar as duas irmãs e sorri outra vez. Mas elas me olharam como se eu tivesse feito mal a elas, em vez de tê-las salvado da morte certa. Claro, eu tinha que fazer concessões quanto às condições delas. Além do ombro prejudicado, um dos lados do rosto de Nessa estava gravemente arranhado. Ela devia ter se machucado quando Nunc a jogara para o lado com seu escudo. E Susan estava extremamente pálida; seu sangue tinha sido sugado até deixá-la a beira da morte.

— Vou pegar roupas para vocês duas — falei. — Roupas apropriadas de purrai para mantê-las vivas na nevasca. E depois deixaremos esse lugar.

Susan abriu a boca, mas nenhuma palavra saiu. Ela estava tremendo toda após sua experiência com Nunc. Mas Nessa parecia furiosa e determinada.

— E quanto a Bryony? — demandou.

— Claro, Nessa, vou arrumar roupas para ela também, mas agora temos que escapar da fortaleza. Se vocês querem ter alguma esperança de sobreviver, farão exatamente como eu mandar.

Não vi porquê chateá-la revelando que Bryony provavelmente já estava morta. Ela logo descobriria isso.

Desci na frente pelos degraus de pedra e estendi o sabre e a lâmina curta. Atrás de mim, minha cauda estava ereta, tremendo enquanto procurava qualquer sinal de ameaça.

Peguei trajes para as duas meninas de um cômodo utilizado para estocar as vestimentas das escravas da torre: calças quentes de cânhamo, agasalhos grossos de lã e uma capa com capuz à prova d'água como os que as purrai vestiam quando executavam suas tarefas no jardim. Carregando-as, continuei a descida.

Não perdi meu tempo pegando roupas para a pequena Bryony — não havia mesmo nada tão pequeno —, mas Nessa aceitou o monte grande que eu coloquei em seus braços sem desconfiar de nada.

Finalmente chegamos aos três quartos. As chaves estavam de volta nas fechaduras, mas todas as portas estavam escancaradas. Pausei enquanto Nessa corria para os aposentos, um após o outro, aos berros à procura da irmã. Finalmente, com os olhos desgovernados de dor, ela correu até mim.

— Onde ela está? Para onde a levaram?

— É melhor se esquecer dela, pequena Nessa. Ela está em paz agora.

— Ela é só uma criança! — gritou, com o rosto praticamente colado no meu. — Você prometeu que ela ficaria segura!

— Esqueça ela. Temos que sair agora. Temos que sair ou vamos todos morrer. Se ainda querem viver, sigam-me agora. Logo será tarde demais.

— Não vou sem ela.

Nessa estava testando minha paciência.

— Então vai morrer aqui, pequena Nessa. Vai mudar de ideia quando sentir as lâminas cortarem sua carne. Vão matá-la muito lentamente...

— Eu salvei sua vida — disse ela, sua voz quase um sussurro. Então esticou o braço e enfiou os dedos no meu cabelo, me puxando para perto dela até nossas testas estarem se tocando. — Você me deve uma vida. Eu o salvei para que você salvasse minhas irmãs.

Eu me senti muito estranho. Suas palavras não deveriam ser perturbadoras, mas eram. Falava uma verdade que eu não podia negar, mas não deveria ter qualquer poder sobre mim. Era estranho tê-la tão perto, sentir seus dedos enrolados no meu cabelo.

De um jeito estranho, eu gostei daquilo. E também gostei da forma como sua testa tocava a minha. Nenhum humano nunca tinha chegado tão perto assim de mim. Nenhum humano nunca ousara.

A maioria teria mantido o máximo possível de distância de mim. No entanto aqui estava essa menina segurando minha cabeça contra a dela e olhando fundo nos meus olhos.

Com um súbito puxão, Nessa me soltou e deu um passo para trás, enterrando o rosto nas mãos.

Por um instante não consegui pensar com clareza. Depois me ouvi falando, e minha voz parecia vir de longe; era como se pertencesse a outra pessoa.

— Vá e pegue nossos cavalos dos estábulos. Sele-os, mas deixe a carroça: a neve estará muito alta agora. Se sua irmã estiver viva, eu a levarei para o portão externo. Se eu não aparecer até você acabar de preparar os cavalos, sigam sem mim em direção ao sul. O tempo vai mudar em dois dias ou menos, e eu as alcançarei.

Então levei as irmãs para porta que dava acesso ao largo jardim interno. Quando abri, a neve continuava caindo. Ao longe vi os estábulos, a luz amarela da lanterna de dentro refletindo sobre as pedras molhadas. Virei e coloquei a lâmina curta na mão de Nessa.

— Se qualquer purrai tentar detê-las, ameace-as com isso. Elas temem a lâmina mais do que qualquer coisa. Crescem acostumadas com sua mordida. É o principal método pelo qual são treinadas.

Nessa assentiu, determinada, e saiu para a neve com sua irmã atrás de si. Ela olhou para trás mais uma vez, e eu vi seus olhos brilharem na escuridão como duas estrelas distantes. Mais uma vez, fiquei espantado pelo que eu estava fazendo, espantado pela minha resposta a essa purra.

Por causa da minha última visita, eu conhecia a disposição da torre. A grande adega era usada para os banquetes, e eu desci os degraus até chegar a uma porta espessa de carvalho. Não estava trancada. Os que estavam ali dentro não temiam intrusos. Só precisei girar o enorme anel de ferro no centro e empurrar para abrir.

Segurei o sabre com firmeza na mão direita e levantei a cauda nas costas, procurando além da porta. Primeiro, encontrei a criança. Para minha surpresa, ela ainda estava viva, mas em breve isso iria mudar. Estavam se preparando para cortar sua garganta.

Comecei a assimilar o grau de oposição. Alguns dos que estavam lá dentro eram cozinheiros; outros, armeiros ou trabalhadores em geral. Ainda assim havia 39 guerreiros robustos e bem treinados. Eu estaria em total desvantagem numérica.

Embora eu nunca tivesse duvidado que sairia vitorioso, minhas chances de retirar a criança inteira não eram as melhores: no calor da batalha tudo era incerto.

Com a mão esquerda, virei lentamente o anel para direita. Em seguida, de forma igualmente lenta, dei um empurrão na porta para que ela abrisse gradualmente, rangendo em suas dobradiças antigas ao fazê-lo.

Uma grande lareira aberta era o ponto central da enorme sala; ficava na parede oposta, de modo que quase todos os ocupantes — guerreiros Kobalos e servos — estivessem de frente para ela e de costas para mim. A sala vibrava com conversas animadas. Diversas mesas longas se encontravam entre a porta e a lareira; estavam cheias de louças e canecas, mas, apesar de haver comida nos pratos, a principal atividade até agora claramente tinha envolvido beber bastante cerveja. Álcool entorpece os sentidos — um mago de haizda jamais agrediria seu corpo desse jeito. A tolice deles me agradava, diminuindo as chances contra mim.

O prato principal ainda estava para ser servido. Aliás, ainda tinha que ser cozido. O fogo permanecia sem carne, mas não teria que esperar por muito tempo, pois Bryony tinha sido forçada a se ajoelhar perto do fogo; um balde de madeira fora colocado diretamente sob sua cabeça para reter o sangue. Eles tinham vendado a purra, que chorava, para que ela não pudesse ver o que estava prestes a lhe acontecer — mais por conveniência do que por piedade: enquanto eu assistia, uma lâmina estava sendo afiada, pronta para cortar sua garganta. E então vi seu executor e notei três grandes tranças pretas que o marcavam como um adversário particularmente perigoso. Aqueles três rabos distintos demonstravam que ele era um dos Shaiksa, uma irmandade de assassinos de elite que respondia somente ao triunvirato de Altos Magos, governadores de Valkarky.

Isso tornava o resgate da criança uma tarefa ainda mais difícil.

O rangido da porta se perdeu entre o som de tantas vozes, mas eu rapidamente o amplifiquei. Assim, a sala toda foi preenchida com o ruído de um trovão, e todos sem exceção viraram para olhar para a fonte daquele estranho barulho.

Dei um passo corajoso para dentro do recinto e falei com uma voz alta e desafiadora para que ninguém deixasse de ouvir minhas palavras ou entendesse o que eu estava dizendo.

— Entreguem-me a criança! — exigi. — Ela é minha e foi tirada de mim contra a minha vontade e contra todos os costumes de hospitaleiros e direitos de propriedade.

CAPÍTULO 7
UMA MORDIDA DE UMA LÂMINA

◊ NESSA ◊

Levei minha irmã, tremendo de frio e medo, para os estábulos. O vento estava soprando flocos de neve nas nossas caras, mas as pedras estavam molhadas e liberando vapor.

— Como pôde encostar nele, Nessa? — perguntou Susan. — Como aguentou ficar tão perto dele?

— Fiz o que tive que fazer para salvar Bryony — respondi.

Na verdade, eu não conseguia acreditar no que tinha acabado de fazer — agarrá-lo pelo cabelo daquele jeito e arrastá-lo para perto de modo que nossas testas se tocassem... Ele podia ter me matado. Agi no calor do momento, levada pela imprudência e pelo medo de perder minha irmãzinha. De algum jeito deu certo e eu sobrevivi.

Como nossa mãe morreu no parto dela, Bryony era como minha própria filha. Eu *tinha* que salvá-la.

Havia duas portas que davam acesso aos estábulos. Quando alcançamos a mais próxima, Susan começou a chorar de medo. Virei-me furiosamente para mandar que se calasse. De imediato me senti culpada por isso. Eu tinha me comportado exatamente como a fera. Mas, se algum dos Kobalos nos ouvisse, morreríamos ali. Pensei na pobre Bryony e torci contra todas as probabilidades para que Slither chegasse a tempo de salvá-la. Cuidadosamente fui para a área de luz amarela projetada pelas lanternas e espiei dentro do estábulo. O ar estava bem mais quente e tinha cheiro de feno e fezes de cavalo.

Havia trinta baias ou mais, todas ocupadas. Comecei a andar lentamente para a frente, olhando em cada uma delas, procurando por nossos animais. Eu não tinha certeza se tinha entrado pela porta que usamos antes. Talvez estivessem na outra ponta? Caminhei decidida para a frente.

Então aconteceram duas coisas que me fizeram parar. Ouvi vozes ríspidas e guturais da extremidade oposta dos estábulos. Não havia ninguém à vista, e eu não conseguia identificar o que estavam falando, mas pareciam Kobalos. Em seguida tomei ciência de outra coisa: os primeiros cinco ou seis cavalos já estavam selados, cada qual com duas pequenas sacolas contendo o que pareciam ser mantimentos. Por que não pegar estes e evitar o atraso e o risco?

Rapidamente abri a porta da baia e, puxando a rédea, levei o primeiro dos cavalos para fora.

— Pegue esse! — falei, passando para Susan.

— E a carroça com as nossas malas? — reclamou ela. — Todas as minhas melhores roupas estão lá.

— Não temos tempo para isso, Susan. Nossas vidas estão em risco — irritei-me, virando as costas para ela.

Levou apenas alguns instantes para tirar mais dois cavalos — malhados como o primeiro — de suas baias. Eu estava prestes a pegar o quarto quando ouvi alguém atravessando as pedras molhadas e se aproximando da porta atrás da gente.

Meu coração começou a bater acelerado no peito. Eu estava apavorada. E se fosse outro dos ferozes Kobalos como a fera que tinha atacado Susan? Que chance eu teria contra uma coisa dessas? Por um momento fiquei completamente em pânico. Estava pronta para correr e me salvar. Depois, pus a mão na consciência e pensei em Susan e Bryony. Como poderia deixá-las?

Então respirei para me recompor, virei e agarrei a faca no meu cinto com mais força.

Para minha surpresa, vinha em minha direção uma das mulheres ferozes que tinham me levado para casa de banho onde encontrei Slither. Ela carregava uma maça, e eu vi raiva e determinação em seus olhos. Com uma mão trêmula tirei a faca do cinto e apontei para ela. Ver aquilo a fez parar a cerca de cinco passos de mim.

Eu temia a maça que ela trazia, mas deu para ver que minha lâmina a assustava mais. Dei um passo em direção a ela como se pretendesse atacar; ela também deu um passo — só que para trás, para longe de mim.

— Susan, leve os cavalos para fora! — gritei, mantendo-me entre a escrava e a minha irmã.

Por duas vezes Susan teve dificuldade com as rédeas, mas conseguiu levar os três cavalos malhados para o jardim. Eu a segui, recuando lenta e cuidadosamente, sem tirar os olhos da mulher. Agora ela estava acompanhando cada passo meu, e eu tive a impressão de ter visto nova determinação em seus olhos.

Seu rosto era marcado por cicatrizes, assim como seus braços. O manejo e o treinamento de uma escrava eram executados a picadas de lâmina — assim Slither me contara. Sem dúvida eu passaria pelo mesmo quando me tornasse escrava.

Tentei uma nova tática.

— Por que não vem conosco? — sugeri, forçando um sorriso no rosto. — Não precisa ficar aqui e ser maltratada. Fuja conosco!

Ela não respondeu, retrucando minhas palavras com uma careta. De repente eu entendi. Se ela me deixasse escapar com os cavalos, seria punida — talvez até morta. Ela temia mais os mestres do que eu. Mas agora eu estava no jardim e tinha que proteger minha família.

— O portão! Leve-os para o portão! — gritei para Susan, apontando.

A escrava continuava acompanhando cada um dos meus passos, mas ainda não tinha atacado. Depois ouvi mais vozes femininas. Outras escravas corriam em nossa direção — inclusive a líder delas, a mulher com a tocha.

— Não quero morrer! Não quero morrer aqui! — gritou Susan. — O que fizemos para merecer isso? Queria que estivéssemos na fazenda!

Eu sabia que era o fim; Susan tinha razão — provavelmente morreríamos ali. Mas eu não tinha intenção de trair meu próprio terror e desespero. Por que dar a elas essa satisfação?

Ergui a lâmina para lhes mostrar que eu não me renderia.

A mulher com a maça a suspendeu e correu em minha direção. Eu estava com medo, porém desesperada. Quando ela atacou com a maça, visando a destruir minha cabeça, eu ataquei o braço dela com a adaga.

A lâmina a cortou no antebraço. Ela gritou e a maça caiu da sua mão. Agora ela olhava para mim com olhos doloridos, enquanto sangue pingava do seu braço. Por um instante isso fez com que as outras parassem. Mas logo depois começaram a avançar novamente.

Onde estava Slither? Será que ele tinha conseguido resgatar Bryony?

CAPÍTULO 8
APENAS UMA CHANCE

Trinta e nove guerreiros Kobalos me encararam na adega. Trinta e nove guerreiros entre mim e a criança humana que eu tinha vindo resgatar. Estavam de armadura, mas sem capacetes, como de costume nessas ocasiões. Os pelos faciais eram longos e tapavam a boca.

E tinha o oponente mais perigoso: o assassino Shaiksa de tranças, que agora estava com uma lâmina na garganta de Bryony.

Por um instante o recinto praticamente se calou; tudo que se ouvia eram os estalos dos troncos ardendo na lareira. Então, com um rugido de fúria, um guerreiro me atacou, erguendo uma espada imensa, pronto para matar.

Eu não cedi, me mexendo apenas no último segundo. Dei um passo para a direita, desviei sob a lâmina que descia e ataquei de lado com meu sabre. Minha lâmina acertou o seu pescoço e cortou a coluna espinhal, de modo que aquele que seria meu assassino caiu morto no chão.

Em seguida flexionei lentamente os dedos da minha mão esquerda, fazendo as juntas estalarem. Depois, com um sorriso largo e cruel, alcancei dentro do meu casaco e saquei minha segunda lâmina, uma adaga. Assim eu poderia encarar meus inimigos com uma arma afiada em cada mão.

— Deem o que é meu por direito. Deem o que estou mandando. Deem depressa e eu posso deixar alguns de vocês viverem! — gritei, amplificando minha voz e fazendo com que as louças sacudissem e as facas e garfos dançassem sobre as mesas.

Usei essas palavras como uma distração — porque imediatamente, sem esperar resposta, saltei sobre a mesa mais próxima. Em seguida eu estava correndo sobre as mesas rumo à lareira, espalhando bandejas de prata e cálices de ouro com meus pés, toda a minha vontade direcionada a um fim: evitar que o assassino agachado sobre a criança matasse-a.

Controlar o assassino enquanto atravessava meus inimigos não foi fácil. Assassinos Shaiksa são treinados em diversas disciplinas mentais e às vezes conseguem resistir inclusive à vontade de um mago.

Portanto, mesmo ao pular da última mesa, ele começou a subir a lâmina em direção à garganta da criança. A venda tinha caído dos seus olhos, e ela gritou quando viu a faca se aproximando. Mas eu ataquei com o cabo da minha própria lâmina, acertando com força a têmpora do meu oponente, fazendo com que ele caísse para trás, estarrecido, a arma se soltando de sua mão.

Não valia a pena matar um ser desse tão desnecessariamente. Os Shaiksa nunca esquecem. E mesmo quando um deles está perto da morte, sua mente moribunda consegue percorrer uma grande distância para contar aos seus irmãos o nome e a localização de seu assassino. Então foi pragmatismo, não piedade, que guiou minha mão.

Peguei a criança. Ela gritou quando a levantei, mas eu utilizei a habilidade de mago chamada boska: ajustei a composição química do ar nos meus pulmões, respirei rapidamente no rosto dela, e ela instantaneamente adormeceu em um profundo coma.

Em seguida virei para encarar meus inimigos, que se aproximavam de mim com armas em punho, os rostos tomados de fúria. Comecei a aumentar de tamanho, simultaneamente usando minha vontade de lançar na cara deles uma pulsação de medo cru para que, enquanto eu crescesse, os olhos deles se revirassem nas cavidades oculares e as bocas se abrissem em receio.

Como esforço final de vontade, forcei a mente e apaguei as treze lanternas que iluminavam o salão de banquetes subterrâneo. Instantaneamente fui atirado na escuridão, mas com meus olhos de mago eu ainda conseguia enxergar: para mim a sala estava iluminada por uma luz espectral prateada. Então consegui escapar da confusão, passando em segurança pelos meus inimigos.

Eu já tinha quase chegado à porta quando senti uma ameaça vinda por trás. Era o assassino Shaiksa. Ele tinha se recuperado rapidamente e, diferente dos guerreiros, era resistente à minha magia. Agora corria em minha direção, girando uma lâmina na mão esquerda e segurando o machado de guerra na direita, cada fibra do seu ser focada em me matar.

Se tivesse sido possível, eu o teria parado utilizando o mínimo de força. No combate, normalmente existem opções de contra-ataque. Mas a ferocidade de sua investida foi tal, e sua determinação de acabar com a minha vida foi tanta, que eu só tive uma chance e fui forçado a utilizá-la para me salvar.

Abaixei-me sob a primeira lâmina, embora eu soubesse que não poderia escapar da segunda: ela descia em um arco em direção à minha cabeça, ameaçando arrancá-la do pescoço. Então furei o coração do assassino com minha própria lâmina. Foi instantâneo: o machado caiu de seus dedos mortos, atingindo o chão antes do seu corpo.

Com essa vitória eu tinha salvado minha vida, mas ela estaria transformada para sempre. Ao matar um Alto Mago, eu havia me tornado um fora da lei aos olhos do Triunvirato, mas ao matar o assassino eu tinha direcionado a ira de sua irmandade até mim. Eles buscariam vingança e me caçariam no fim do mundo se preciso, até que eu estivesse morto.

Corri depressa para o jardim. Nessa e Susan tinham trazido três cavalos do estábulo. Nessa estava segurando uma faca, incerta, tentando afastar quatro purrai que a cercavam. Susan berrava histericamente.

Mas então notei uma quinta escrava. Ela estava apoiando o próprio braço, que sangrava profundamente. Ora, ora, Nessa tinha demonstrado coragem e acertado pelo menos um golpe! Mais alguns instantes, no entanto, e tudo estaria acabado. Corri até elas, e as outras purrai gritaram e fugiram em direção aos estábulos.

Olhei rapidamente para as três éguas malhadas — nenhuma delas era alguma das montarias que eu tinha trazido conosco para a torre. De certa forma isso era bom, porque estas estavam calçadas do jeito dos Kobalos, com ferraduras mais largas, o que permitia mais firmeza e evitava que afundassem em qualquer coisa que não fosse neve muito macia e fresca. O resto era ruim — muito ruim. Todas estavam seladas, mas não tinham sacos e mantimentos. Não havia alimento para os cavalos. Tudo que traziam eram os habituais dois sacos pequenos de oscher, que poderiam ser utilizados como comida de emergência para eles. Eram feitos de aveia, com aditivos químicos especiais que podiam sustentar um animal de carga pela duração de uma longa jornada. Obviamente o cavalo morreria depois, portanto oscher só era utilizado como um último recurso. Mas que escolha Nessa tinha me dado?

Praguejando, montei no cavalo mais próximo e coloquei a forma inconsciente da criança sobre a sela.

— Graças a Deus! — gritou Nessa, mas nesse momento os guerreiros poderiam estar correndo para fecharem o portão e impedirem nossa fuga do jardim.

Apontei para lá e guiei meu cavalo sobre as pedras molhadas. Nessa teve dificuldades para colocar sua irmã que ainda chorava no cavalo, e em seguida rapidamente montou no outro. Em poucos segundos, atravessamos o portão aberto e fomos galopando pela trilha de brasas até os flocos de neve.

Por um tempo cavalgamos em silêncio, exceto pelos soluços infernais de Susan, enquanto eu pensava nas consequências do que tinha acabado de fazer.

— Por que estamos indo para o norte? — indagou Nessa, afinal.

Não me incomodei em responder. Ir para o norte era a minha única chance de vida. E era uma chance muito pequena ainda assim. Eu só tinha mais duas opções. A primeira era me tornar um fugitivo, escapando dos meus inimigos enquanto conseguisse. A outra era viajar direto para a fonte do perigo e confrontá-lo: ir para Valkarky.

CAPÍTULO 9
NORTE PARA VALKARKY

Guiei-nos para o norte em direção à melhor chance de sobrevivência que nos restava. Em duas horas chegamos às ruínas de uma fazenda. Era muito velha e tinha sido devastada na mudança climática datada de mais de dois milênios. Na época meu povo estendeu seus limites para o sul, encontrando pouca oposição dos pequenos e fracos reinos dos humanos.

Agora tudo o que restava dela eram duas paredes de pedra em uma colina íngreme. Ao me aproximar das ruínas senti alguma coisa, uma malevolência invisível. Parei, fazendo Nessa perguntar:

— Por que paramos? Temos que ir!

Mas eu a ignorei e ergui a cauda para a fonte do meu desconforto. Ao fazê-lo, uma avalanche de pequenas pedras começou a cair sobre mim.

Em um instante encontrei. Era um bychon, um espírito capaz de manipular matéria. Alguns eram muito perigosos e capazes de arremessar pedras grandes com muita precisão para esmagar seu inimigo, mas este parecia relativamente fraco. Eu o afastei com a minha mente, e ele recuou para um canto escuro. Em seguida sussurrei para ele, para que as purrai atrás não pudessem ouvir minhas palavras:

— Logo iremos embora, e então você pode retomar esse lugar como seu. Não se comporte de um jeito que force seu afastamento permanente. Fique parado e escondido. Estamos entendidos?

Não caíram mais pedras ao meu redor, então interpretei o silêncio do bychon como uma aceitação à minha oferta. Imediatamente fiz bom uso da madeira velha que estava espalhada pelo local. Primeiramente construí uma tenda para termos abrigo contra a nevasca. Parte da madeira remanescente acendi com força de vontade — uma fogueira para nos oferecer calor.

Com suas roupas adequadas de purrai, as duas irmãs mais velhas estavam muito bem protegidas. Quando peguei a criança, porém, ela tinha sido aprontada para a lâmina e estava quase nua. Meu uso da boska a deixara em coma profundo, mas era perigoso abandoná-la a essa condição por muito tempo. Portanto fui forçado a acordá-la, e com isso ela imediatamente começou a tremer e chorar fracamente; eu sabia que ela estava fraca para sobreviver por muito tempo.

Fico confortável até mesmo nas temperaturas mais frias, então dei conta de ficar sem meu casaco preto comprido. Contudo, não era para me aquecer que eu usava essa peça de roupa; era uma marca da minha vocação e do meu status como mago de haizda, seus treze botões representando as treze verdades que eu tinha levado muitos anos de estudo para aprender. Relutei em removê-lo, mas sabia que a criança em breve morreria sem algum calor que lhe protegesse. E eu me sentia preso ao meu acordo com o Velho Rowler. Então tirei e a enrolei nele, entregando-a para Nessa, que então se agachou com ela perto do fogo, sussurrando suavemente para tranquilizá-la.

— Pequena Nessa — perguntei gentilmente —, onde estão nossos alforjes? Onde está a comida que nos manterá vivos?

Nessa abaixou a cabeça.

— Eu estava com medo — disse. — Pegamos os primeiros cavalos que vimos. Dava para ouvir vozes de Kobalos no final dos estábulos. Depois aquelas mulheres ferozes nos interromperam; eu as ameacei com a lâmina e cortei uma, mas elas continuaram se aproximando. Minha irmã estava chorando de medo. Achei que tinha agido da melhor forma possível.

Dava para ver que ela estava perturbada por suas ações.

— Então farei o que for possível — respondi. — Você ainda tem minha lâmina?

Nessa fez que sim com a cabeça e a retirou de baixo da capa, entregando-a para mim pelo cabo. Aceitei com um esboço de sorriso e me preparei para o que tinha que ser feito.

Tirei as botas e, usando apenas o cinto diagonal com as capas prendendo as duas lâminas curtas, subi a colina para o olho da tempestade. Na verdade, eu gostei das condições; para um Kobalos, uma tempestade assim era empolgante.

Logo cheguei a uma grande planície pantanosa, e lá caí de quatro. Comecei a correr rapidamente com a cauda erguida alta sobre as costas, procurando prováveis presas.

Pouca coisa se movia naquela tempestade. Senti raposas árticas, roedores e alguns pássaros resistentes, todos ao longe, muito distantes. Foi então que cheguei aos lobos.

Era uma alcateia grande, que ia para o sul com a ventania. Eles teriam passado a três léguas de mim na direção oeste, mas exerci minha força de vontade e os invoquei; eles se apressaram no meu rastro, farejando presa fácil. Para encorajá-los ainda mais, virei e corri diante deles, saltitando pela neve.

Só quando eles estavam quase me alcançando é que aumentei minha velocidade. Corri cada vez mais rápido até somente o líder da alcateia, um enorme lobo branco — lustroso, muito musculoso e em seu auge — conseguir me ver. Juntos nos afastamos do resto que, sem seu líder, logo se cansou da perseguição e ficou muito para trás, vagando a esmo, uivando para uma lua invisível.

Quando o lobo estava prestes a me alcançar, virei-me para ele. Nós dois atacamos, pelo contra pele, dentes expostos. Rolamos na neve fofa, nos agarrando em um golpe mortal. O lobo mordeu fundo no meu ombro, mas para mim a dor não era nada; com meus próprios dentes, ataquei a garganta dele, arrancando a carne, de modo que seu sangue esguichou brilhante no gelo branco.

Bebi insaciavelmente enquanto o animal se debatia sob mim em seus momentos finais. Não desperdicei nenhuma gota do sangue quente e doce. Quando minha sede foi saciada, saquei uma lâmina e cortei a cabeça da fera, o rabo e as pernas. Andando sobre dois membros, carreguei o corpo em meus ombros, de volta para as ruínas da fazenda.

Perto da fogueira, enquanto as meninas assistiam com olhos arregalados, tirei a pele e eviscerei o lobo, depois o cortei em pedaços pequenos e os enterrei nas brasas quentes para cozinhar.

As três irmãs comeram muito naquela noite, e só Susan reclamou, chorando enquanto lutava para mastigar a carne meio queimada e meio cozida. Mas ela logo foi silenciada por Nessa, que entendeu que com isso eu lhes dera a esperança da sobrevivência.

Pouco antes do amanhecer, alimentei o fogo com madeira. Ao fazê-lo, Nessa acordou. Ela veio se sentar em frente a mim, de modo que nossos olhares se encontraram através das chamas. Estranhamente, ela não parecia tão magrela hoje. Seu pescoço estava particularmente convidativo e minha boca salivou, de modo que fui forçado a engolir.

— Não gosto daqui — disse ela. — Não consigo me livrar da sensação de que alguma coisa está nos observando. E também ouvi um barulho, como uma pequena chuva de pedras. Pode ser um ogro. Talvez essa seja a sua toca.

— O que é um ogro? — perguntei, cheio de curiosidade.

— É um espírito malévolo. Alguns atiram pedrinhas ou até mesmo grandes pedregulhos. Eles são perigosos e podem até matar.

— Como você lidaria com uma criatura dessas? — questionei.

— Eu nem tentaria — respondeu Nessa. — Mas bem ao sul, do outro lado do mar, dizem que há caça-feitiços; homens que são capazes de lidar com essas criaturas.

Pelo que ela descreveu, era provável que "ogro" fosse o termo humano para bychon. Mas em todos os meus anos de aprendizado eu nunca tinha ouvido falar desses caça-feitiços. Fiquei imaginando que tipo de magia eles utilizavam.

— Bem, não se preocupe, pequena Nessa: não é necessário um caça-feitiço aqui. Em lugares escuros frequentemente há coisas invisíveis que ficam pairando e observam. Mas vocês estão seguras comigo.

— Quanto tempo até podermos seguir viagem? — perguntou.

— E por que estamos indo para o norte?

— Talvez possamos sair amanhã ao alvorecer, ou, no máximo, pela tarde — respondi. — Mas sem comida os cavalos não chegarão longe. Tem oscher nos pequenos sacos, que lhes dará força por um tempinho, antes de matá-los. Vocês comerão carne de cavalo antes do fim da semana. É mais fácil de mastigar do que lobo, então talvez sua irmã não reclame tanto. Em certo ponto, para sobrevivermos, talvez tenhamos que comer uma das suas duas irmãs: Susan seria melhor porque ela é maior, com mais carne nos ossos.

Nessa engasgou.

— Como pode pensar em uma coisa tão horrível?

— É melhor que um morra para que outros possam viver. É assim no mundo dos Kobalos, então é melhor se acostumar, pequena Nessa.

— E a sua promessa? — exclamou. — Você concordou em levar minhas irmãs para segurança.

— Prometi, e lutarei com todos os poderes de que disponho para manter meu acordo com seu pobre pai.

Nessa ficou em silêncio por um instante, mas em seguida olhou diretamente nos meus olhos.

— Se for necessário, me coma em vez de comer alguma das minhas irmãs.

Mais uma vez fui surpreendido por sua bravura. Só que:

— Não poderei fazer isso — disse a ela. — Veja bem, só você pertence a mim, e eu não desperdiçaria meus próprios bens. Enfim, falemos mais sobre isso se a necessidade surgir. Será uma longa jornada até o norte. E agora lhe direi porque estamos indo nessa direção. Vamos para Valkarky, onde terei que me defender: é a única esperança de vida que tenho. Para salvar suas irmãzinhas, eu matei um Alto Mago e um assassino cuja irmandade vai buscar vingança e me caçar até me destruir. Mas aqueles que matei violaram a lei referente aos meus direitos de propriedade. Se eu conseguir apresentar minha defesa com sucesso ao Triunvirato reinante, eles não poderão encostar as mãos em mim.

— O que é Valkarky? Outra fortaleza?

— Não, Nessa, é uma cidade. Nossa cidade! É o lugar mais lindo e mais perigoso em todo o mundo — respondi. — Mesmo uma humana como você, com pobres olhos semicegos, não poderá deixar de contemplar sua beleza. Mas não tema jamais: eu a protegerei dos muitos perigos.

— Seria melhor morrer aqui — comentou Nessa amargamente — do que entrar em uma cidade cheia de outros como você.

— Morrer? Morrer, pequena Nessa? Quem falou em morrer? Você salvou a minha vida, e em troca eu protegerei você e as suas irmãs roliças, exatamente como prometi. Só em uma situação extrema comeremos alguma delas, e mesmo assim só para que a outra possa viver. Eu fiz uma promessa, mas só posso cumprir dentro do que for possível. Se ao menos você tivesse pegado os cavalos com os mantimentos como eu mandei!

Um semblante envergonhado passou pelo rosto de Nessa, mas ela estava em silêncio, evidentemente imersa em pensamentos.

— Mas você ainda vai levá-las para segurança quando terminar seus assuntos?

Sorri, mas não mostrei os dentes.

— Claro. Não foi o que prometi? Agora volte a dormir. O que mais a sua espécie pode fazer além de dormir em meio a nevascas como essa?

— Meu pai disse que você também dorme no auge do inverno. Ele disse que você hiberna. Por que faz isso se gosta tanto do frio?

Dei de ombros.

— Um mago de haizda dorme em shudru, no inverno mais profundo, para aprender. É um momento em que ele organiza seus pensamentos em sonho profundo e tece novos conhecimentos com a experiência. Sonhamos em ver a verdade no coração da vida.

Nessa virou de costas e olhou para onde as irmãs estavam dormindo. Bryony continuava embrulhada firme no meu casaco — só seu cabelo castanho e fino era visível.

— Como é Valkarky? — perguntou Nessa, virando para me encarar.

— É vasta — expliquei. — Acreditamos que nossa cidade não vá parar de crescer até cobrir o mundo todo. Então nem uma pedra, nem uma árvore, nem mesmo grama será visível. Todas as outras cidades serão esmagadas sob seus muros em expansão!

— Isso é horrível! — gritou. — Não é natural. Deixariam o mundo inteiro horroroso.

— Você não entende, pequena Nessa, então não julgue até ver com seus próprios olhos.

— Mas não faz o menor sentido, de qualquer forma. Como uma cidade poderia se tornar tão grande? Não haveria construtores o suficiente para criar tal monstruosidade.

— Os muros de Valkarky estão sendo constantemente construídos e reparados por criaturas que não precisam dormir. Elas cospem pedras, e isso é utilizado como material de construção. Inicialmente lembra polpa de madeira, mas endurece logo após entrar em contato com o ar. Daí o nome Valkarky: significa Cidade da Árvore Petrificada. É um lugar maravilhoso, cheio de entidades criadas por magia; seres que não podem ser vistos em nenhum outro lugar. Sinta-se grata pela oportunidade de vê-los. Todos os outros humanos que entram lá são escravizados ou marcados para morrer. Você tem alguma esperança de sair.

— Você se esquece de que eu também sou uma escrava — respondeu Nessa, furiosamente.

— Claro que é, pequena Nessa. Mas em troca da sua escravidão, suas duas irmãs serão livres. Isso não a deixa feliz?

— Devo obediência ao meu pai e estou disposta a sacrificar minha vida para que minhas irmãs fiquem a salvo. Mas isso certamente não me deixa feliz. Eu estava ansiosa pela minha vida, e agora ela me foi tirada. Devo me alegrar com isso?

Não respondi. O futuro de Nessa, ou a falta dele, não valia o debate. Eu não tinha contado a ela quão ruins as coisas estavam. As probabilidades contra mim eram enormes, e eu provavelmente seria levado e morto, ou na viagem, ou imediatamente após entrar na cidade. Era improvável que eu vivesse o suficiente para me defender perante o conselho reinante. Se eu morresse, na melhor das hipóteses as três meninas se tornariam escravas; na pior, teriam seu sangue tomado e seriam devoradas.

Depois disso Nessa ficou muito quieta; ela foi dormir sem sequer me desejar boa noite. Humanos como Nessa frequentemente não têm modos, então não fiquei muito surpreso.

CAPÍTULO 10
O GUERREIRO HYB

Cerca de uma hora após o amanhecer, o vento diminuiu e a tempestade se tornou apenas um leve giro de flocos de neve caindo preguiçosamente da cúpula cinzenta do céu.

— Preciso do meu casaco de volta, pequena Nessa — falei a ela. — Vocês terão que dividir o que têm com sua irmãzinha.

Cedo ou tarde eu teria que lutar, e queria estar usando o longo casaco preto, meu distintivo de ofício, para que qualquer inimigo pudesse dimensionar a força do que estaria encarando. Notei que foi Nessa que entregou algumas de suas roupas para vestir a criança, inclusive sua capa à prova d'água. Eram grandes demais, mas ofereceriam a proteção necessária contra a natureza. Nessa agora acharia as condições mais difíceis. Notei que Susan não ofereceu nenhuma de suas vestimentas.

Conforme meu costume, antes de montar meu cavalo, fiquei na frente dele e respirei três vezes em suas narinas.

— O que você está fazendo? — perguntou Nessa, seu rosto aceso de curiosidade. Ela obviamente tinha tido a sabedoria de não lutar contra as minhas vontades.

— Estou usando o que nós, magos, chamamos de boska. Mudei a composição do ar nos meus pulmões antes de respirar nas narinas dele. Imbuí o animal com obediência e coragem. Agora, se eu tiver que lutar, minha montaria não vai fugir do inimigo que nos encara!

— Você vai ter que lutar? Algum perigo nos ameaça? — perguntou.

— Sim, pequena Nessa, é bem provável. Então agora devemos começar e torcer pelo melhor.

— Quanto mais ainda temos que viajar? Cada dia parece o mesmo. Estou perdendo a noção do tempo; parece que já se passaram semanas.

— Essa é apenas a nossa quinta manhã. É melhor não pensar no resto da viagem. Um dia de cada vez.

Deixamos a velha fazenda para trás. Logo chegamos a uma área rochosa e vazia onde a neve tinha derretido. Vapor irradiava de fendas no chão, e, de tempos em tempos, a terra tremia e surgia um cheiro de queimado no ar.

— Que lugar é esse? — perguntou Nessa, cavalgando ao meu lado.

— É a Fissura Fittzanda, uma área de terremotos e instabilidade. Essa é a fronteira sul dos nossos territórios. Logo estaremos na terra do meu povo.

Continuamos para o norte, atravessando aquele terreno trêmulo e vaporoso; nossos cavalos mais nervosos até do que as três purrai. A área era vasta, e sua natureza rochosa instável dificultaria que nos seguissem. Aqueles que nos perseguiram a partir da fortaleza esperariam que eu fugisse para o sul — não para o norte, que poderia ser muito bem a minha sentença —, então eu tinha essa vantagem.

E logo outros estariam nos caçando também. Os pensamentos moribundos do assassino teriam sido enviados aos seus irmãos. Eles saberiam quem o teria matado. Alguns já estariam no território nevado, ou mesmo perto. Sentiriam minha localização e começariam a convergir para a nossa trilha. O Triunvirato dos Altos Magos também poderia enviar mais assassinos de Valkarky.

Aqui tentariam me matar de cara. Eu precisava chegar inteiro até a cidade para conquistar o direito de me defender perante o conselho.

Só uma coisa me incomodava. Eu ainda teria a coragem e a crueldade para derrotar meus inimigos? Ou eu já tinha sido infectado com skaiium, conforme minha suavidade com Nessa indicava?

Não demorou muito até que um inimigo me encontrasse — mas não foi o assassino Shaiksa que eu esperava. Os Altos Magos tinham enviado uma criatura muito diferente.

O assassino estava esperando diretamente à nossa frente. A primeira vista parecia um Kobalos armado sobre um cavalo, mas havia algo de errado onde o cavaleiro e o cavalo se juntavam. Não era só a ausência da sela. Não havia divisão entre eles. Eu não estava olhando para duas criaturas; era uma composição mortal.

— O que é essa coisa horrorosa? — quis saber Nessa estremecendo. Susan começou a chorar, enquanto Bryony apenas chacoalhou de medo, sem emitir nenhum som.

— Talvez seja a nossa morte — respondi a ela. — Fiquem para trás e me deixem fazer o que for possível.

Eu estava encarando um guerreiro hyb, um híbrido de Kobalos e cavalo que tinha sido criado para combate. A parte superior do corpo era cabeluda e musculosa, combinando força excepcional com velocidade e habilidade para fazer um oponente em pedacinhos. As mãos também eram especialmente adaptáveis à luta. Na direita o hyb parecia estar segurando cinco lâminas longas e finas, mas eram garras que podiam ser recolhidas ou liberadas de sua mão musculosa quando ele quisesse. Na esquerda segurava uma estrela da manhã — uma maça imensa cheio de espinhos afiados como os de um porco-espinho.

A parte inferior do corpo de um hyb era mais veloz do que um cavalo, com esporas de ossos projetadas de cada uma das patas da frente, frequentemente utilizadas para eviscerar a montaria do inimigo. Além disso, este hyb estava armado: vestia um capacete de metal que cobria todo o seu rosto, exceto pelos olhos vermelhos e furiosos. Seu corpo, tanto a parte superior quanto a inferior, também estava protegido por armaduras da melhor qualidade.

O capacete, com sua mandíbula alongada, traía a verdadeira forma da cabeça superior, que era mais de cavalo do que de Kobalos. Ambas as bocas estavam abertas agora, soltando nuvens de vapor no ar frio. E então as duas gargantas convocaram um desafio, um rugido profundo e gutural que ecoou através da terra, de um horizonte a outro. Sem mais delongas, avançou em minha direção, através de um buraco estreito entre dois jatos de vapor irradiados da pedra vulcânica.

Ouvi choramingos de medo atrás de mim quando as duas montarias das purrai, sentindo a estranheza e a malevolência do hyb, fugiram, carregando consigo as meninas que as montavam. Mas o meu cavalo, fortificado como estava pela magia da boska, não moveu um músculo.

O hyb girou a clava sobre a cabeça, mas eu enxerguei através desse subterfúgio. A intenção era me distrair, e enquanto eu olhasse para cima, as garras longas e finas me atacariam velozes e baixas como as presas de uma víbora.

Foi como previ, e eu estava preparado. Avancei para encontrar o ataque, com a cauda esticada, e passamos um pelo outro mal tendo um pé entre nós. Enquanto o hyb se inclinava na minha direção, as pontas afiadas das garras miravam para cima, querendo acertar entre as minhas costelas e o meu coração. Concentrei-me e um pequeno escudo mágico se materializou no ar e se moveu comigo.

Posicionei-o de modo a desviar as cinco garras mortais. Não desferi um ataque imediato por conta própria, mas, guiando meu cavalo com os joelhos, saquei meu sabre e aproveitei minha vantagem, acertando a criatura antes que ela se recuperasse totalmente.

Acertei-o com tudo na cabeça com o cabo do meu sabre, fazendo o capacete de metal tilintar. Em seguida, com a minha adaga, tentei perfurar seu pescoço no ponto de relativa fragilidade, onde o capacete encontrava a armadura.

Fracassei, e rompemos o contato, ambos galopando em direções opostas.

Rapidamente, o hyb virou e atacou pela segunda vez. Agora, no entanto, apesar de sua agilidade e velocidade, eu estava ainda mais bem preparado e, enquanto desviava as garras com o meu escudo pela segunda vez, acertei meu próprio golpe.

Não tive o espaço para colocar toda a minha força no golpe cortante horizontal da minha lâmina, mas a sorte estava ao meu lado.

No instante em que ataquei, um jato de vapor emergiu do chão quase imediatamente embaixo do meu inimigo. O cavalo gritou de dor e a parte superior se inclinou em minha direção para evitar ser escaldada. Assim o hyb se distraiu, e meu sabre o atingiu no alto do ombro; ao ser desviado pela armadura, ele encontrou o espaço vazio entre o capacete e a proteção do ombro, acertando o pescoço e fazendo o hyb cambalear para o lado ao passar.

Enquanto a criatura balançava e a clava caía de seus dedos sem força, empurrei meu escudo mágico para cima dele como um martelo. O golpe foi terrível, e ele caiu de lado, as quatro patas cedendo sob ele. Tombou no chão com uma batida pesada, rolou na neve e ficou parado.

Saltei do cavalo e me aproximei do inimigo com cautela. Eu esperava que o assassino hyb fosse mais difícil de ser derrotado e meio que torcia por algum truque. Olhei para seu corpo inferior e vi a seleção de lâminas e armas nas capas em suas laterais.

Ele agora estava à minha mercê, então tirei seu capacete e segurei uma lâmina em sua garganta.

O hyb estava inconsciente, seus olhos cerrados. Eu não tinha tempo a perder, então enviei uma farpa mágica direto para o cérebro dele, fazendo-o acordar com um grito. Os olhos de repente se abriram e brilharam com um vermelho malévolo. Por um instante eu me senti tonto e o mundo pareceu girar; minha garra soltou a minha lâmina. *O que havia de errado comigo?*

Bem a tempo tomei consciência do perigo dos olhos da criatura. Eu mal conseguia desviar o olhar, a compulsão de encará-los era muito forte; eles tinham um efeito hipnótico e eram capazes de sugar a vontade, de modo que o tempo parava de importar.

Recobrei o foco e, em vez disso, encarei sua boca, que era cheia de dentes grandes. Falei lentamente, caso a criatura ainda estivesse aturdida com aquele último golpe terrível que eu desferi.

— Ouça cuidadosamente — alertei, pressionando a faca em sua garganta de modo a extrair apenas um pouco de sangue. — Me fizeram uma injustiça, e eu vou me defender perante o Triunvirato em Valkarky. É meu direito.

— Você não tem direitos, mago! — rugiu o hyb, cuspindo as palavras no meu rosto, seus grandes dentes de cavalo rangendo.

— Você assassinou um dos Altos Magos e deve ser morto imediatamente!

— Ele tentou me obstruir quando eu estava no processo legal de reaver minha propriedade. Foi um ato criminoso, e ele me atacou ainda mais. Em legítima defesa, fui forçado a matá-lo. Mas eu não tenho qualquer rancor pessoal, nem com você, nem com nenhum dos outros Altos Magos. Dê-me sua palavra de que não vai mais se opor a mim, e eu o liberto. E então você pode testemunhar em minha defesa em Valkarky e se opor se quiser.

— Você será morto, mago, pela minha mão ou por outra. Assim que me soltar, eu cortarei sua carne e beberei seu sangue.

— Seus dias de luta acabaram — falei, olhando para a criatura. — Eu é que erguerei uma lâmina. Eu o cortarei, e você sangrará. Logo eu beberei o *seu* sangue. Simples assim. Agora só lhe resta dor.

Houve gritos enquanto o matei. Nenhum deles vindo do hyb; a criatura morreu com honra, como eu esperava. Não podia fazer menos do que isso. Os gritos vieram de Nessa e suas irmãs, que tinham controlado sua montaria e voltado ao verem que o perigo tinha passado. Demorou quase uma hora para Bryony parar de chorar.

Após pedir que as meninas se controlassem, eu as conduzi em silêncio. Pensei na minha luta com o hyb. O que tinha dado errado para a criatura? Talvez tivesse subestimado minhas capacidades — ou talvez a sorte tivesse tido um papel decisivo?

Percebi que isso certamente era verdade. O jato de vapor o surpreendeu e me deu uma vantagem. Isso prejudicou o orgulho que eu devia ter sentido ao derrotar um adversário tão poderoso. Eu ainda não estava seguro contra o skaiium. Tinha que lutar ainda mais para evitar que isso me agarrasse e manter as minhas forças como um mago guerreiro.

As três purrai evitaram meu olhar e vestiam expressões de repulsa em suas faces. Será que não entendiam que tinha sido necessário matar e que ao fazê-lo preservei todas as nossas vidas?

Naquela noite encontrei uma caverna para nos abrigarmos. Não havia madeira para acendermos uma fogueira, então só pudemos mastigar os restos de carne que eu tinha cortado do lobo no dia anterior.

— Isso não é vida! — reclamou Susan. — Ah, como eu queria que nosso pai ainda fosse vivo e isso não passasse de um pesadelo, e eu pudesse acordar segura e quente na minha própria cama!

— Não podemos mudar o que já aconteceu — disse Nessa a ela. — Tente ser corajosa, Susan. Com sorte, em algumas semanas você começará uma nova vida. E então isso tudo parecerá apenas um sonho ruim.

Nessa falou com confiança ao colocar o braço em volta de Susan para confortá-la, mas eu notei a tristeza em seus olhos. A nova vida dela seria de escrava.

Após um tempo, deixei as irmãs sozinhas para se consolarem e fui sentar-me na entrada da caverna, olhando para as estrelas. Era uma noite muito clara e brilhante, e todas as cinco mil estavam visíveis — dentre elas a vermelha, o olho vermelho de Cougis, o Cão Estrela, que sempre foi a minha favorita.

De repente vi um raio de luz no céu nortenho, passando rapidamente de leste para oeste. Estimei que fosse de algum lugar em Valkarky. Havia uma superstição de que uma estrela cadente assim era um presságio de morte ou queda de algum mago. Outros em uma posição de perigo teriam interpretado isso como um presságio de sua própria morte, mas eu não acredito nessas tolices. Então afastei o pensamento da minha mente e comecei a me concentrar na minha vontade.

Eu meditava, tentando fortalecer minha mente contra o possível início de skaiium, quando Nessa surgiu da caverna e se sentou ao meu lado. Ela estava enrolada em um cobertor, mas tremia violentamente.

— Você deveria ficar dentro da caverna, pequena Nessa. Está frio demais aqui para uma pobre humana fraca.

— Está frio — concordou ela, sua voz pouco mais do que um sussurro —, mas não é só isso que me faz tremer. Como pôde? Como pôde fazer aquilo na frente das minhas irmãs?

— Fazer o quê? — perguntei. Fiquei imaginando se teria mastigado a carne de lobo alto demais. Talvez eu tivesse arrotado ou soltado gases sem perceber.

— O jeito como matou aquela criatura e bebeu seu sangue; foi horrível. Pior ainda do que o que fez na torre. E você gostou!

— Devo ser honesto com você, pequena Nessa, e dizer que sim, foi um prazer triunfar sobre um guerreiro hyb letal. Eu matei um Alto Mago, um Shaiksa e um guerreiro hyb nos últimos dias; poucos dos meus conquistam tanto!

"Ofereci a ele a liberdade, mas ele a recusou. Teria continuado a atentar contra a minha vida, e depois contra a sua e as de suas irmãs. Então o que eu poderia ter feito? Devo confessar que seu sangue era doce e devo me desculpar se o tomei com muita vontade. Mas fora isso, me comportei de maneira muito adequada.

— Adequada?! — gritou Nessa. — Foi monstruoso! E agora você está nos levando para uma cidade habitada por milhares de seres iguais a você!

— Não, você está errada — expliquei a ela. — Eu sou um mago de haizda. Provavelmente não existe mais do que uma dúzia de nós neste momento. Não somos criaturas da cidade, vivemos nas extremidades dos territórios Kobalos. Criamos humanos e cuidamos para que fiquem felizes e contentes.

— Criam! O que você quer dizer com *criam* humanos?

— Não há com que se preocupar, Nessa. Por que acha tão alarmante? Você, seu pai e suas irmãs foram todos parte da minha fazenda, que se chama haizda, e por isso sou chamado de um mago de haizda. Coletamos sangue para nos sustentar, junto com outros materiais que nos podem ser úteis. Seu falecido pai sabia da verdadeira situação, mas não queria chateá-las. Ele fez um acordo comigo para que eu mantivesse distância. Vocês achavam que eu era apenas uma criatura perigosa que vivia por perto, mas a verdade é que eu era dono de vocês.

— O quê?! — Nessa levantou a mão para o rosto em choque.

— Você tomou o sangue do meu pai e das minhas irmãs? E o meu também?

— Inicialmente, sim, mas depois escolhi não continuar. Eu respeitava seu pai e decidi negociar em vez de tomar. Ele me oferecia vinho tinto e sangue de boi, ambos do meu apreço. Tínhamos um acordo que servia a nós dois. Mas, sim, outros humanos na haizda me dão sangue. Embora a maioria não saiba que está acontecendo; normalmente pego à noite, enquanto eles dormem.

"Eu me faço bem pequeno e deslizo para dentro da casa por um buraquinho em um telhado ou uma parede. Depois cresço para um tamanho confortável e subo em suas camas. Sento-me no peito do humano, me inclino para a frente e faço um pequeno furo no pescoço. Depois extraio um pouquinho de sangue, nunca o suficiente para afetar demais sua saúde. Exatamente como um fazendeiro humano se preocupa com a saúde e o bem-estar do seu gado, eu também cuido dos meus recursos. O pior que eles experimentam é certo terror noturno, como um pesadelo em que um demônio se sentou no seu peito e dificultou sua respiração. Muito raramente eles sentem alguma tontura ao amanhecer, basicamente os que levantam rápido demais da cama. As marcas no pescoço se curam muito rapidamente e, ao amanhecer, são facilmente confundidas com picadas de insetos. A maioria dos humanos em uma fazenda não sabe o que está acontecendo.

Nessa tinha ficado em silêncio, e quando olhei para ela vi que estava me encarando, com os olhos arregalados. Demorou muito até falar novamente.

— Você disse "outros materiais". O que mais você pega?

— Almas, pequena Nessa. Às vezes uso as almas do seu povo.

Ela olhou para a caverna, provavelmente para checar se suas irmãs continuavam dormindo, antes de falar:

— Como você pode "usar" uma alma? — conseguiu falar eventualmente. — Parece horrível!

— Os donos não se importam porque sempre estão mortos antes de acontecer. E almas mortas normalmente passam um tempo confusas antes de encontrarem o caminho de casa. Eu só uso um pouco da sua energia até elas conseguirem. Então, na verdade, eu só as pego emprestadas.

— A "casa" delas... Onde é isso?

— Depende. Alguns são "para cima" e outros "para baixo". O primeiro grupo gira para o céu silenciosamente; os outros mergulham no chão, soltando uma espécie de rugido, ou às vezes um grito ou um uivo; não sei onde é a casa *deles*, mas nenhum parece feliz de ir para lá.

— Você estava presente quando meu pai morreu?

— Sim, Nessa, estava. Ele demorou bastante para morrer e sentiu muita dor. Não foi uma morte agradável, e por você ter sido tão insensível e fugido, ele poderia ter morrido sozinho. Mas eu fui paciente e fiquei com ele até o fim.

— Você pegou a alma dele emprestada?

— Não, eu não tive essa chance. Algumas almas não ficam confusas. Elas não ficam pairando, mas vão direto para casa.

— Para que lado meu pai foi?

— Ele era um "para cima", pequena Nessa. Então, fique feliz por ele. A alma dele voou para o céu sem qualquer lamentação.

— Obrigada. — Nessa respondeu quietamente, depois se levantou e voltou para a caverna sem mais uma palavra.

Claro que eu tinha mentido sobre pegar almas "emprestadas". Depois que você pega o poder delas, não sobra muita coisa. Uma vez soltas, elas giram lentamente por alguns instantes antes de desaparecerem. Então elas nunca vão para casa — é o fim para elas. Isso pode não ser ruim para aquelas que descem, mas as outras — os "para cima" — acabam perdendo um bocado. Foi uma boa coisa para o Velho Rowler ele não ter demorado.

CAPÍTULO 11
SUA BOCA GRANDE E FEDIDA

◈ NESSA ◈

Voltei para a caverna e esperei até meus olhos se ajustarem à escuridão. À pouca luz da fogueira, distingui as formas das minhas duas irmãs. Dava para perceber pela respiração delas que Bryony estava dormindo.

Sem falar nada, eu me deitei, me embrulhei no cobertor e fiz o máximo possível para dormir. Mas eu estava chateada, lembrando-me sem parar da morte do Pai, sem conseguir tirar isso da minha cabeça. Fiquei tão envergonhada por tê-lo deixado sozinho tendo apenas a fera como companhia.

Depois outro pensamento me fisgou. Eu não conseguia parar de pensar no que Slither tinha dito — sobre como ele coletava sangue e almas. Algo veio lentamente à minha cabeça. Lembrei-me do meu sonho — o pesadelo recorrente que eu tinha quando criança

—, e, de repente, tudo fez um terrível sentido. Muitas vezes eu sonhava que estava paralisada na cama, sem conseguir pedir ajuda, enquanto algo terrível se sentava no meu peito, dificultando minha respiração, e sugava sangue do meu pescoço.

À medida que fui crescendo, o pesadelo se tornou menos frequente e já tinha cessado totalmente. Eu passei a presumir que minhas espiadas na fera através das cortinas do quarto durante suas visitas à fazenda suscitavam meu pesadelo. Agora, finalmente, eu sabia a verdade. Fora real. Não podia ser coincidência o fato de que meus pesadelos pararam logo depois que o Pai começou a negociar com Slither. Isso devia ter sido parte do acordo permanente entre eles — que Slither nos deixasse, as filhas, em paz.

Será que parte desse acordo também fora a promessa do Pai de que, se alguma coisa acontecesse a ele, Slither poderia ficar comigo em troca da segurança de Susan e Bryony? Era difícil aceitar a ideia de que eu precisava me sacrificar. Fiquei me perguntando: será que meu pai realmente me amava?

Descartei minhas dúvidas. Claro que amava. Ele não tinha escrito que teria se sacrificado por nós se tivesse sido necessário? Agora eu tinha que fazer o que pudesse para salvar minhas irmãs.

— Ah, estou com medo, muito medo! — gritou Susan.

— Shhh! — respondi. — Fale baixo ou vai acordar Bryony.

— O que vamos fazer? — perguntou Susan mais quietamente.

— Ele vai nos levar para o norte, para o povo dele. Um malvado já é ruim, imagine quando tivermos que encarar centenas ou milhares! Eles vão nos matar e nos comer. Você já viu como a fera me olha? Ele fica olhando para o meu pescoço. Ele mal pode esperar para cravar os dentes em mim!

Ela estava certa, mas até agora Slither tinha resistido aos impulsos.

— Ele é selvagem, isso é verdade — admiti a ela. — Mas certamente é uma criatura de palavra. Ele prometeu ao nosso pai que você e Bryony ficariam seguras, e eu não tenho nenhuma razão para crer que ele não vá honrar isso. Ele não lutou contra seus pares para nos preservar? Precisamos manter a calma e acreditar que as coisas vão dar certo.

Guardei minhas próprias dúvidas para mim mesma. Tinha sido perigoso o bastante na torre. Como entraríamos em Valkarky, onde tantas feras poderiam nos atacar?

— Como podemos voltar a ser felizes se nosso pai está morto e deixamos nossa casa para sempre? Está muito frio; a cada quilômetro que percorremos em direção ao norte fica pior. Algum dia ficaremos aquecidas e confortáveis? — Susan choramingou, sua voz elevando a cada palavra. — Deixamos nossas malas para trás naquela torre horrorosa e todas as minhas melhores roupas estavam lá dentro. Nunca mais vestirei coisas boas.

Agora ela tinha acordado Bryony, que começou a chorar baixinho. De repente fiquei muito furiosa. Susan sempre foi egoísta — sem dúvida isso era resultado de ser a preferida do Pai. Eu era a mais velha, mesmo assim Susan sempre ganhava roupas novas, e eu ficava com o que ela descartava — eu tinha que diminuir os trajes — para que coubessem. Até o vestido que eu estava agora já tinha sido de Susan.

— Você só pensa em você e em mais ninguém! — irritei-me. — Você acordou sua irmã e a assustou. Deveria ter vergonha, Susan!

Susan começou a chorar, e isso deixou Bryony pior ainda.

Imediatamente me arrependi do meu ataque. Tínhamos que ficar juntas enquanto ainda podíamos. Eu sabia que era mais difícil, muito mais difícil para Susan se adaptar a essa nova situação. Eu tinha ajudado o Pai com o trabalho da fazenda — ordenhando as vacas, pastoreando as ovelhas e alimentando as galinhas. Eu já tinha até pegado as ferramentas dele e consertado algumas das cercas. A minha vida tinha sido essencialmente do lado de fora enquanto Susan fazia as camas e varria o chão. Claro que ela deixava as tarefas de cozinhar e as louças para mim. Então sempre tivera uma vida fácil. Não era à toa que ela estava achando a nossa nova vida com a fera difícil. Eu tinha que ser compreensiva.

— Calma! Calma! — falei mais gentilmente agora. — Venha cá, Bryony. Sente-se perto de mim e eu te conto uma história.

Por um ou dois instantes Bryony não respondeu, mas então, arrastando consigo o cobertor, ela engatinhou e sentou-se perto de mim. Coloquei os braços em volta dela e a abracei.

— Conte sobre as feiticeiras de novo, Nessa — implorou.

Bryony adorava histórias sobre feiticeiras, e, sentadas na frente de um fogo de cozinha, sempre fiquei feliz em atender. Eu contava a ela as histórias que tinha aprendido com minha mãe. Bryony jamais a conheceu, então eu ficava feliz em assumir o lugar dela e fazer o que ela teria feito se tivesse sobrevivido. As feiticeiras sobre as quais eu contava eram de Pendle, um lugar distante ao sul, e em um país estrangeiro do outro lado de um mar frio. Ela adorava ouvir sobre os diferentes tipos de magia que usavam, algumas cortando ossos de polegares dos seus inimigos para roubar seu poder mágico. Eram histórias assustadoras, mas escutadas em um ambiente feliz e seguro. Naqueles dias Bryony não sabia nada sobre Slither, e eu tinha me certificado de que, quando ele visitava a fazenda para falar com meu pai, ela jamais sequer o visse.

Mas isso era passado. Estávamos longe do segurança, e em poder de uma criatura que parecia tão perigosa quanto as feiticeiras das histórias que eu contava para Bryony. Não achei que contar para ela esse tipo de história seria uma boa ideia agora.

— Eu tenho um tipo diferente de história para você hoje, Bryony. É uma história legal sobre um príncipe bonito.

— Ah, sim, isso seria ótimo! Conte uma história bem legal, Nessa — pediu ela. — Conte alguma em que fique tudo bem no fim.

A última coisa que eu queria fazer era contar uma história, mas pelo bem dela eu fiz o melhor que pude.

— Era uma vez um ogro malvado que levou uma princesa e a trancou em uma torre...

— Como era o ogro? — interrompeu Bryony.

— Ele era grande e feio, com um olho enorme, esbugalhado e vermelho no meio da testa. Mas a captura da princesa chegou aos ouvidos de um príncipe, que selou o seu cavalo e partiu para o resgate...

— O príncipe era bonito? — quis saber Bryony.

Eu estava com dificuldade de concentração porque dava para ouvir a fera se mexendo do lado de fora; e eu não era tão boa em contar histórias. Mas pelo menos eu tinha a atenção dela.

— Sim, ele era alto, com cabelos claros e olhos azuis, e tinha uma espada com um cabo de prata em uma capa de couro.

— Ele tinha dentes bonitos e hálito fresco?

— Sim, o hálito dele era mais agradável que flores de primavera.

— Melhor do que o hálito da fera, então — Agora foi Susan que comentou. — Fede a carne podre e sangue.

— *Shhh!* — sibilei. — Ele tem ouvidos afiados.

— Os dentes dele também são muito grandes e afiados — acrescentou Bryony.

Respirei fundo e tentei continuar com a história, mas Susan interrompeu de novo.

— Eu vou contar a história dessa vez, Nessa. *Suas* histórias são sempre chatas e previsíveis!

Eu estava cansada demais para reclamar e deixei que ela continuasse de onde eu parei.

— O príncipe bonito foi até a torre escura — disse ela —, e ele teve sorte porque o ogro feroz com dentes longos e afiados e o hálito cheirando a sangue e carne podre não estava em casa. Então o príncipe arrombou a porta, subiu até o topo da torre e, após roubar um rápido beijo da linda princesa, a carregou pelos degraus e a levantou para o cavalo.

Bryony deu uma risadinha quando chegou na parte do beijo, e eu comecei a relaxar.

— Mas o ogro estava se escondendo nas árvores atrás da torre, e correu e atacou o príncipe, que sacou sua espada — continuou Susan.

— O príncipe bonito cortou a cabeça do ogro? — perguntou Bryony, quase sem ar de antecipação.

Fez-se uma pausa. Eu deveria ter antevisto, mas não o fiz, e demorei muito para intervir.

— Não — disse Susan. — O ogro abriu a boca grande e fedida e arrancou a cabeça do príncipe com uma dentada. Depois comeu o cavalo e a princesa de sobremesa!

Bryony gritou e começou a chorar outra vez, e nesse momento a fera voltou para a caverna.

— Silêncio! — rugiu ele. — Parem com essa tolice agora. Precisarão de toda a força que tiverem amanhã!

A maneira feroz como ele falou nos chocou e nos fez ficar em silêncio. Fiquei lá por um longo tempo, escutando e esperando a respiração das minhas duas irmãs mudar enquanto caíam no sono. Acima de tudo dava para escutar o ronco pesado e forte da fera. Finalmente eu mesma caí no sono e comecei a sonhar.

O rato está subindo no meu corpo agora. Sinto suas pequenas garras espetando minha pele através dos lençóis. Ele está sentado no meu peito. A cauda bate e faz barulho, cada vez mais rápido, em sincronia com meu coração.

E agora tem uma coisa nova, ainda mais assustadora. O rato parece estar ficando mais pesado a cada segundo. Seu peso pressiona meu peito, dificultando minha respiração. Como isso é possível? Como um rato pode ser tão grande e pesado?

CAPÍTULO 12
O GUARDIÃO DO PORTÃO

No dia seguinte avançamos bem, mas finalmente se tornou necessário matar um dos cavalos para termos o que comer.

Apesar dos protestos, escolhi o de Nessa porque julguei ser o mais fraco dos três. Claro, depois que comecei a beber seu sangue doce, as purrai se chatearam. Isso não as impediu de comerem a carne quando cozinhei um pouco para elas. Elas fizeram o mesmo que eu para sobreviver. Então por que sentiam repulsa por mim?

A partir dali Nessa e Susan foram forçadas a montarem juntas enquanto eu carregava a purra mais nova comigo. Nessa protestou e se ofereceu para ir comigo para que Bryony pudesse ir com a irmã mais velha, mas recusei. Eu poderia ter que lutar de novo a qualquer momento, então queria poupar o meu próprio cavalo o máximo possível. Bryony era leve, e por sorte não criou caso em viajar comigo, apesar de eu poder sentir que ela estava tensa de pavor.

Finalmente, após mais uma semana de viagem, chegamos ao campo visual de Valkarky. Era pouco depois de meio-dia, e, apesar de a essa latitude o sol ainda estar baixo no céu, era um dia brilhante e claro, e a visibilidade estava excelente.

— Que luzes são essas? — perguntou Nessa, trazendo seu cavalo para perto do meu. Ela olhou diretamente nos meus olhos ao falar, mas sua irmã estava agarrada às costas dela e desviou o rosto para não ter que olhar para mim.

No horizonte havia uma cortina brilhante de cor, todo o espectro do arco-íris. Às vezes parecia se abrir, revelando o que parecia ser a total negritude na parte de dentro.

— As luzes brilham dos olhos e bocas das criaturas que estão construindo Valkarky — respondi. — Logo os muros da cidade serão visíveis. A vista encantará seus olhos e encherá seus corações de felicidade!

Eu tinha orgulho da nossa cidade, mas, por ter escolhido a vocação de um mago de haizda, eu morava longe para aprender a desenvolver minha magia. Agora, para falar a verdade, eu estava feliz estando longe das suas intrigas e confusões, embora ainda fosse bom retornar ocasionalmente ao meu local de nascimento.

Ao nos aproximarmos, as três irmãs tiveram dificuldade para olhar para a cidade — brilhava muito forte; também não conseguiram apreciar a beleza dos whoskor, trabalhadores de dezesseis pernas que enxameavam os contornos de Valkarky, concentrados na tarefa infinita de expandi-la. Os olhos dessas criaturas balançavam graciosamente nos longos talos negros e seus pelos amarronzados voavam pela brisa enquanto eles cuspiam pedras moles das bocas antes de montarem-nas habilidosamente com seus braços delicados, acrescentando novas partes de muros.

Nos aproximávamos da beira sul da cidade em desenvolvimento. Aqui os muros eram desiguais em altura, claramente em vários estágios de construção.

— Essas criaturas caminhando pelos muros são terríveis! — gritou Nessa, apontando para os whoskor. Bryony e Susan estavam com olhos arregalados e caladas em choque. — São tão enormes e são tantos deles. Não podemos entrar aí! Não podemos! Leve-nos embora, por favor.

Mas eu descartei seus protestos e os choramingos de suas irmãs apavoradas. Seguimos a estrada que levava ao portão principal, ladeado pelos muros. Quanto mais entrávamos na cidade, mais velhas eram as fortificações. Ao longo da nossa jornada, que durou quase meio dia, passamos por diversos portões em sucessão de muros internos de defesa. Cada qual já estava aberto para nos receber, mas notei que eles se fechavam atrás de nós depois que já os tínhamos atravessado, cortando qualquer possibilidade de recuo.

Observavam-nos de janelas estreitas acima, mas eu sabia que não eram olhares amigos. Nós, magos de haizda, vivemos e trabalhamos longe dos grupos dissidentes e das alianças volúveis dos habitantes da cidade.

Finalmente chegamos ao portão principal, e aqui os muros eram altos, perdidos da vista entre as nuvens. Coberta em gelo e neve, Valkarky parecia mais a face vertical de um pico de montanha; os portões abertos eram como a entrada de alguma maravilhosa caverna escura, cheia de deleites desconhecidos.

Dois assassinos Shaiksa montados, com as lanças prontas, esperavam de cada lado desses enormes portões. Mas eles tinham rivais que competiriam para me pegar: três soldados de infantaria tinham se alinhado, o capitão segurando minha ordem de prisão com a mão esquerda estendida sobre a cabeça de forma tradicional. O selo vermelho formado pelo sangue cuspido e coagulado do Triunvirato era claramente visível.

As meninas Rowler engasgaram em choque ao verem o que nos esperava. Mas é claro que nenhum dos meus inimigos poderia me tocar se eu conseguisse persuadir o Triunvirato a me permitir entrada legal.

Eu acreditava que fosse possível, mas primeiro tinha que lidar com o instrumento deles —, o guardião do portão conhecido como Kashilowa, que agora vinha ondulando em nossa direção, seu corpo longo e pulsante cheio de espinhos e sua respiração subindo pelo ar frio em grandes nuvens. Inicialmente ficara escondido pela nuvem de neve erguida por suas milhares de pernas, mas ela rapidamente se assentou e ele foi totalmente revelado para nós. O único Kashilowa e a miríade de whoskor tinham sido criados para servir às necessidades da cidade. Era tudo fruto da magia dos Altos Magos.

Claramente apavorada, a irmã mais nova começou de imediato a berrar a plenos pulmões. Nessa trouxe o seu cavalo para perto do meu, tentando confortá-la. Mas, antes que pudesse fazê-lo, Susan desmaiou e Nessa precisou de toda sua força para impedir que ela caísse do cavalo.

Até a corajosa Nessa gemeu de pavor quando o guardião do portão avançou e tocou-lhe a testa com a ponta da língua longa que saía de sua boca em espiral. Estava somente sentindo o gosto de sua pele para determinar se ela podia entrar em Valkarky, então não sei por que ficou tão alarmada. Todas as purrai em trânsito são submetidas à mais rigorosa verificação sanitária para que se tenha certeza de que nenhuma forma de contágio será trazida para a cidade.

Nossos dois cavalos tinham treinamento de Kobalos, mas a proximidade com o guardião do portão os fez expandir as narinas e arregalarem os olhos; tremeram de medo. Isso não foi surpreendente: quando a criatura bocejou para fingir tédio, abrindo totalmente a mandíbula, sua boca era tão grande que poderia tê-los engolido por inteiro.

— Fale! — ordenou o Kashilowa, direcionando seus cem olhos para mim.

Sua voz era alta como um trovão, e essa única palavra derrubou dezenas de pedaços de gelo do muro acima do portão. Um deles espetou um soldado, cujo sangue começou a manchar a neve em um tom convidativo de vermelho — quase tão adorável quanto os tapetes de pele de cordeiro na minha velha árvore ghanbala. Uma olhada me fez salivar e eu tive dificuldade de me concentrar na questão em pauta.

Felizmente o movimento de Kashilowa tinha perturbado a multidão de parasitas alados que se abrigava entre seus espinhos. Rapidamente estiquei o braço e catei alguns do ar, antes que eles pudessem se acomodar novamente, e joguei-os na minha boca. O sangue deles combinado ao do seu hospedeiro formava uma mistura gostosa e saciou um pouco da minha sede.

Agora, reuni meus pensamentos e, sem querer parecer intimidado, saltei do cavalo e cresci para o meu maior tamanho, de modo que meus olhos estivessem na altura dos dentes do guardião do portão. Amplifiquei também minha voz, provocando mais uma chuva de pedaços de gelo. Desta vez ninguém se machucou; a milícia tinha tido o bom senso de recuar a uma distância segura.

Todos os presentes nos portões conheciam minha identidade e sabiam qual era o meu assunto. Mesmo assim era necessário fazer uma declaração formal.

— Requisito entrada em Valkarky! — gritei. — Fui prejudicado por um Alto Mago e diversos de seus cúmplices, inclusive um assassino Shaiksa, que conspirou junto com eles para se apropriarem ilegalmente das minhas três purrai. Solicito uma audiência perante o Triunvirato!

— Onde está o Alto Mago que você alega ter tomado suas propriedades? Quem são essas três purrai que o acompanham? São as mesmas a que você se refere? Se sim, elas agora estão em sua posse. Então como um crime foi cometido? — perguntou Kashilowa.

— Sim, são as mesmas. Eu as recuperei, conforme meu direito, usando mínima força. Infelizmente, ao me defender, fui obrigado a assassinar o Alto Mago e o assassino Shaiksa. Além disso, um guerreiro hyb me interceptou na estrada para Valkarky e fui forçado a matá-lo também. Foi tudo muito lamentável, porém necessário.

— Sua história é questionável. Enquanto mago de haizda, como você poderia confrontar e matar um assassino Shaiksa, um Alto Mago e um hyb? Qual é o seu nome?

Ele já sabia o meu nome, mas esse era um protocolo que eu não podia evitar; um ritual necessário para obter acesso à cidade.

— Meu nome é Slither e eu só fiz o que foi necessário. Talvez o olho vermelho do Cão Estrela tenha me ajudado a conseguir a vitória.

— Slither? Que tipo de nome é esse?

O Kashilowa não estava mais me estendendo o respeito que eu achava que merecia. Eu não permitiria que ele me ridicularizasse mais. Então respondi com ardil na voz. Não foi mais do que o merecido.

— Foi o nome que escolhi para mim quando alcancei a maioridade no princípio da primavera do meu septuagésimo ano. É o som que emito com minha cauda quando desço de um galho alto da minha árvore ghanbala. É o som que emito quando fico muito pequeno e atravesso um buraco na parede ou no chão para entrar em algum lugar trancado, secreto ou privado. É também o som e a sensação que um inimigo tem quando entro em seu cérebro. Permita-me demonstrar!

Sentindo-me insultado pelo guardião do portão após este questionar a adequação do meu nome, cuspi no mais próximo dos seus cem olhos. Ele rapidamente combinou com minha saliva duas substâncias que causam ardência e irritação instantâneas. Simultaneamente minha mente deslizou para o seu cérebro.

A reação do guardião do portão foi extrema. Ele devia ter baixa tolerância à dor. Saltou para trás tão depressa que a maioria das suas mil pernas se entrelaçou; perdeu o equilíbrio e rolou de lado na neve, esmagando outro pobre soldado.

Você gosta da sensação de deslize?, perguntei, falando diretamente em sua cabeça.

Basta! Basta!, gritou ele, apesar de dentre todas as mentes presentes eu ter sido o único que ouviu. Seus pensamentos tremiam dentro da minha cabeça.

Permita-me os meus direitos!, exigi. *Conceda minha entrada em Valkarky e uma audiência perante o Triunvirato e eu acalmarei o desconforto em seus olhos e deslizarei para fora do seu cérebro.*

Sim! Sim! Eu concedo, disse ele.

Cumprindo minha promessa, afastei-me de sua cabeça. Ele rolou de volta para a maioria de seus pés e trouxe a cabeça para tão perto que meu cavalo começou a tremer ainda mais violentamente enquanto a pequena Nessa gemia de pavor. Rapidamente cuspi em seu olho mais próximo uma segunda vez. Agora minha saliva continha um antídoto contra a irritação.

Contudo, levou um longo tempo para falar, e por um instante eu temi ser traído.

— Preciso testá-lo para verificar suas alegações — rugiu ele.

Assenti, e agora foi a minha vez de experimentar o toque de sua longa língua na minha testa. Ele sentiria pelo gosto se eu estava mentindo ou não. Finalmente a língua voltou para dentro de sua boca cavernosa.

— Você *acredita* que está falando a verdade. Mas mentiras às vezes podem ser encobertas por magia. No entanto, suas alegações merecem mais investigação. Você se submeteria a um exame mais rigoroso? — perguntou.

— Com boa vontade — respondi.

— Nessas condições, eu concedo entrada na cidade e uma audiência para esse mago de haizda! — concluiu com um grito.

Inclinei-me para baixo e sussurrei ao ouvido de Nessa:

— Não foi tão ruim, foi? Prometi ao seu pai que cuidaria de vocês e certamente estou cumprindo essa promessa!

Assim recebemos permissão para entrar em Valkarky, e nossos inimigos não podiam fazer nada para evitar. As duas irmãs mais novas estavam histéricas agora, mesmo enquanto a corajosa Nessa claramente lutava com a perspectiva de entrar na nossa bela cidade. Então respirei alternadamente no rosto de cada uma delas, utilizando a boska, e as fiz caírem em sono profundo.

Enquanto eu vivesse, elas estariam seguras. Contanto que as mantivesse em quartos separados nos meus próprios aposentos e sempre as acompanhasse em público de forma apropriada, a lei as protegeria.

Atravessei os portões, de cabeça erguida, à medida que as irmãs eram carregadas para dentro pelos serventes Kobalos, invocados pelo guardião do portão. Nós, magos de haizda, raramente visitamos Valkarky, mas caso seja necessário mantemos aposentos aqui, juntamente com uma pequena quantidade de servos para nos receberem. Em uma hora eu estava seguro nesse refúgio, com todas as minhas necessidades atendidas, enquanto as irmãs dormiam.

Que meninas sortudas de terem um dono tão benevolente!

Primeiro tentei acordar Nessa.

Eu já tinha respirado no rosto dela para combater os efeitos da boska, mas seus olhos permaneciam teimosamente fechados. Ela estava se provando muito difícil de ser despertada, e por alguns momentos temi que em minha pressa para deixá-la inconsciente eu tivesse tornado a mistura química forte demais e danificado seu cérebro. Isso só acontece raramente, mas é sempre um risco. Meu erro seria perdoável. Afinal de contas, eu havia me ocupado com acordos com o guardião do portão e tinha outras coisas mais importantes em mente.

Examinei seu rosto, concentrando-me para acordá-la. Com minha ansiedade aumentando, comecei a chamar seu nome.

CAPÍTULO 13
O Haggenbrood

ॐ NESSA ॐ

— Acorde, pequena Nessa! — chamou uma voz. Parecia vir de muito longe. Eu estava em um profundo e confortável sono e só continuar ali. Então fui violentamente sacudida pelo ombro.

No instante em que abri os olhos fui dominada pelo pavor extremo que atinge aqueles cujos pesadelos os seguem no despertar. Instantaneamente me lembrei dos horrores diante dos portões de Valkarky e da terrível sensação de engasgo quando Slither respirou na minha cara. Eu tinha apagado e acreditei que estava morrendo. Mas não foi isso que fez meu coração se acelerar e meu corpo todo tremer. Nem a careta no rosto da fera enquanto ela me sacudia.

O que me fez encolher no canto da cama foi o que vi atrás dele.

— Não há razão para ter medo — disse-me Slither com sua voz rouca. — No momento você está a salvo. Este é o refúgio para os magos de haizda que visitam Valkarky.

Respirei curtamente repetidas vezes e consegui apontar por cima do ombro direito dele para a coisa aterrorizante na parede. Ele olhou para trás e esboçou um sorriso grotesco.

Parecia uma cabeça humana extremamente grande, com seis pernas finas e cheias de juntas saindo de onde deveria haver orelhas. Tinha cabelos longos, mas não tinha olhos e nem nariz. Não havia espaço para eles. Uma enorme boca oval ocupava quase todo o rosto, e dela saíam três longas línguas espessas com farpas voltadas para trás. Parecia lamber as paredes, emitindo um ruído duro, rítmico e áspero ao fazê-lo.

— Como esses aposentos raramente são utilizados está sujeito ao crescimento de fungos. O que você está vendo é um inofensivo sklutch, um dos serventes que empregamos. Ele só está cumprindo suas obrigações rotineiras, limpando as paredes com suas línguas e sugando os fragmentos soltos. Não há necessidade de ter medo, pequena Nessa. É simplesmente um servo dedicado. Mas, como a incomoda, o mandarei embora imediatamente.

Com essas palavras ele bateu as mãos com muito força. A criatura horrorosa parou com a limpeza de uma vez e levantou as duas antenas da frente que, até então, estavam escondidas por seus cabelos longos. Elas tremeram e giraram em um círculo lento.

Slither bateu mais três palmas, e ele imediatamente desceu pela parede e entrou por uma pequena fenda perto do chão.

— O sklutch, com seus cabelos castanho-claro, suas finas pernas pretas e suas línguas eficientes, é perfeitamente formado e adequado para sua tarefa, pequena Nessa. Jamais deixo de me impressionar com como uma criatura tão roliça consiga, sem utilizar magia, se enfiar em uma rachadura tão estreita. Enfim, como está se sentindo agora?

De repente me senti envergonhada. Meus próprios medos tinham me dominado por completo e eu tinha me esquecido de Bryony e Susan.

— Onde estão minhas irmãs? — perguntei, erguendo-me.

— Elas estão em segurança, mas de acordo com o costume Kobalos cada purra deve ser abrigada em um quarto diferente. Não posso me comportar aqui diferente do que no kulad. Além disso, suas irmãs ainda estão dormindo.

— Elas não ficaram seguras naquela torre. Por que aqui seria diferente?

— Não tenha medo, Nessa. Estamos em Valkarky, uma cidade regida por uma lei que todos observam. Aquele kulad estava sob o controle de um Alto Mago corrupto que não respeitava a propriedade alheia. Garanto a você que aqui será diferente.

Balancei a cabeça em descrença.

— Por quanto tempo eu dormi? — perguntei.

— No máximo algumas horas. Enquanto você repousava, consegui uma audiência e passei por um exame profundo que foi bastante doloroso. No entanto, valeu a pena; eles chegaram a uma decisão rapidamente.

Senti uma onda de esperança.

— Então podemos ir embora daqui agora?

— Queria que fosse tão simples assim, pequena Nessa. Ficou provado que eu estava falando a verdade, e o Triunvirato estava preparado para me absolver de todas as culpas perante a lei, mas a Irmandade Shaiksa fez uma objeção formal; entregaram evidências falsas que foram impossíveis de refutar. Transmitiram os pensamentos moribundos de um assassino que eu matei. Ele me acusou de roubo, dizendo que Nunc, o Alto Mago, tinha me pagado bem por você e por suas duas irmãs roliças. Eu não acuso o assassino morto de ter mentido. Ele pode muito só ter repetido informações recebidas por Nunc. Contudo, ele não vive mais e agora é a palavra de um morto mentiroso contra a de um viva honesto.

Slither pausou por um instante, e eu prendi a respiração em antecipação ao que ele iria dizer em seguida.

— Tenho que enfrentar um julgamento por combate. Há muitas disputas legais a cada ano. A contra-acusação sobre propriedade de purrai é só uma das categorias de conflito civil. A grande maioria é resolvida pelo Triunvirato, mas em casos difíceis o acusado deve enfrentar esse julgamento. É ultrajante que eu tenha sido colocado nessa posição; preciso descarregar minha raiva. Agora tenho a oportunidade de fazê-lo publicamente.

— Você tem que lutar? Contra outro mago? — O medo apertou meu coração de novo. Se ele perdesse, o que aconteceria conosco?

— Não, pequena Nessa. Seria muito bom se fosse assim. Eu tenho que enfrentar o *Haggenbrood*.

Não gostei nem do som dessa palavra.

— O que é isso? — perguntei. — Alguma das criaturas como as que estão construindo as paredes desta cidade? — De fato eram coisas horrorosas.

— De certa forma, sim, mas o Haggenbrood foi criado pela magia dos Altos Magos para lutarem em combate ritual; esse é seu único propósito na vida. São três entidades guerreiras criadas a partir de carne de purra. As três compartilham uma mente comum e são, para todos os efeitos, uma só criatura.

— Você é capaz de derrotá-lo?

— Ninguém nunca foi capaz.

— Isso não é justo! Se é certo que vai perder, como pode ser "julgamento por combate"?

— É assim que as coisas são. Permite-nos uma esperança módica e é mais honroso do que ser executado. E, claro, a vitória não é impossível: para tudo existe uma primeira vez. Não podemos ser pessimistas, pequena Nessa.

— Se você morrer, seremos escravas ou vão nos matar também? — consegui perguntar, apesar de não querer de fato saber a resposta. — Você não poderia cumprir a sua promessa para o meu pai e mandar minhas irmãs para a segurança antes do seu julgamento?

— Se ao menos eu pudesse. Mas quem se disporia a acompanhá-las para fora da cidade? É impossível. Sem mim vocês não têm qualquer status que não seja o de escravas ou de comida. Se eu morrer vocês morrem comigo na arena, assassinadas pelas garras e dentes do Haggenbrood. Tenho que defendê-las contra a criatura ou morrer tentando. Venha, vou lhe mostrar para que você possa preparar sua cabeça para o que está por vir.

Eu estava tão frustrada pela nossa situação. Apesar de ter repulsa por Slither, eu dependia dele para sobreviver. A fera abandonou o recinto por alguns instantes, deixando-me sozinha com meus pensamentos sombrios, mas voltou trazendo uma corrente longa e uma tranca.

— Venha cá! — ordenou. — Tenho que colocar isso em volta do seu pescoço.

— Por quê? — perguntei. — Não vou tentar fugir. Para onde eu poderia ir? Conforme você observou, sem a sua proteção eu seria morta na hora!

— Em Valkarky a purra só pode aparecer em público na presença do seu dono, com esta corrente no pescoço. Sem a corrente você de fato seria levada e não haveria nada que eu pudesse fazer a respeito. É a lei.

Franzi o rosto para a fera, mas eu sabia que não tinha escolha: eu precisava me submeter. Ele colocou cuidadosamente a corrente de metal fria no meu pescoço e depois um pequeno cadeado para completar e manter o círculo. Em seguida, segurando o resto da corrente com a mão esquerda, deu um pequeno puxão como se eu fosse um animal e apontou para a porta.

— Agora, purra, eu a levarei até a arena! — declarou.

Ele me conduziu por uma sucessão aparentemente infinita de corredores sombrios. Em essência, eram iluminados por tochas tremeluzentes, mas em algumas partes as próprias paredes pareciam irradiar uma luz branca. Kobalos pelos quais passamos basicamente nos ignoraram, olhando diretamente para a frente. Mas quando algum raro olhar curioso vinha em nossa direção, Slither invariavelmente puxava a corrente, trazendo minha cabeça para a frente com violência. Em uma dessas ocasiões um grito involuntário escapou da minha boca e lágrimas se formaram em meus olhos. Mas quando estávamos novamente sozinhos no corredor, a fera se virou e falou baixinho comigo.

— Eu fui gentil, pequena Nessa, e a corrente não está apertada. Alguns donos as prendem tão forte que a purra acaba com o rosto vermelho e respirando mal. Seja corajosa. Você precisará de toda a coragem que tiver na arena!

Ele virou, puxou a corrente outra vez e continuamos caminhando. A cidade era vasta, mas tão sombria que parecia que estávamos debaixo da terra. Mesmo os espaços abertos acessados pelos corredores pareciam cavernas vastas, embora suas paredes fossem perfeitamente lisas e claramente manufaturadas em vez de serem de pedras naturais.

Em determinado ponto, passamos pelo que parecia ser um vasto mercado de comida. Kobalos estavam entregando o que aparentemente eram moedas e recebendo bacias de metal em troca. Algumas pareciam conter raízes ou cogumelos, mas em outras havia pequenas criaturas que pareciam minhocas se contorcendo enquanto os compradores as enfiavam gananciosamente na boca. Eu mal consegui conter a bile subindo do estômago ao ver e sentir o cheiro.

E havia também tanques maiores. Olhando mais de perto, vi com horror que estavam cheios de sangue, do qual emanava um vapor. Cada qual estava cercado por uma multidão de Kobalos dando empurrões e mergulhando xícaras de metal e tomando o líquido ansiosamente, de modo a escorrer pelos queixos e ir de encontro ao chão.

Que tipo de criatura tinha morrido para preencher aqueles tanques? Valkarky era um lugar terrível, feio e assustador. E se algum dia expandisse e cobrisse o mundo inteiro como Slither falou, criaria um inferno na terra — todas as faixas de grama, todas as árvores, todas as flores e criaturas dos pastos substituídas por esta monstruosidade.

Não foram apenas Kobalos que eu vi. Havia outras criaturas que me fizeram tremer de medo, e mesmo na presença de Slither eu não me sentia segura. Na verdade eles lembravam insetos, exceto pela menor criatura que vi tinha o tamanho de um cão pastor, enquanto a maior teria arrancado minha cabeça com uma mordida facilmente. Torci para que minhas irmãs continuassem dormindo em segurança em seus quartos.

Algumas criaturas corriam pelo alto sobre muitas pernas, como se fossem mensageiras em assuntos urgentes, enquanto outras ficavam vagando, talvez executando alguma função de limpeza semelhante ao servo nos aposentos de Slither.

Mas uma coisa me intrigou. Eu vi machos Kobalos e vi escravas humanas acorrentadas, mas por que não vi nenhuma fêmea Kobalos? Não eram permitidas em público? As faces dos Kobalos eram todas cabeludas e bestiais, com mandíbulas alongadas e dentes afiados. Será que fêmeas Kobalos eram semelhantes aos machos em aparência e eu simplesmente não sabia diferenciar?

Viramos e percorremos este labirinto até chegarmos a uma escada larga de degraus brancos brilhantes. Subimos quatro andares e finalmente chegamos ao enorme portão, grande o suficiente para receber uma criatura dez vezes maior do que eu.

— Aqui estamos, pequena Nessa. É aqui que todos vamos morrer ou triunfar! — disse Slither, empurrando-me.

Eu me vi então em uma plataforma triangular cercada por filas de assentos vazios se erguendo por todos os lados e nos cercando completamente.

— Essa arena toda é formada por skoya. Os whoskor cuspiram em um monte para que pudesse ser manipulada e formada por suas muitas mãos de nove dedos.

— É tão branco! — exclamei. Aquilo espantou meus olhos.

— Skoya pode ser de muitas cores — explicou Slither —, mas existe um motivo pelo qual é branco, pequena Nessa. Fica mais fácil ver o vermelho do sangue recém-derramado, uma cor que é muito empolgante para o meu povo.

O lugar era verdadeiramente desprezível. Não respondi, mas meus olhos se moveram em volta, mirando em todas as direções enquanto eu pensava sobre a disposição da arena. Vi que havia um poste branco posicionado em cada canto da arena triangular.

— Para que servem? — perguntei.

— São os três postes aos quais você e suas irmãs serão amarradas. O número varia e a arena é remodelada em preparação para cada julgamento. Mas é sempre branca, para acentuar o sangue dos derrotados. Vocês ficarão presas lá, e o Haggenbrood vai tentar beber seu sangue e depois comê-las. Farei o melhor para salvá-las.

Meu estômago embrulhou com a impossibilidade da tarefa. O que era esse Haggenbrood? Eu estava certa de que minhas irmãs e eu morreríamos ali.

— Está vendo isso? — perguntou Slither, apontando para a grade circular no chão no centro da arena triangular.

Fui dominada por um terrível pressentimento e comecei a tremer. Não queria nem olhar para a grade, quanto mais me aproximar dela. Mas não tinha escolha.

Ele começou a andar em direção a ela, puxando-me atrás. Imediatamente senti um cheiro ruim e tive medo de me aproximar. Quando parei, a corrente puxou meu pescoço com violência. Em vez de me puxar para a frente outra vez, Slither voltou para ver qual era o meu problema.

— O que a aflige, pequena Nessa?

— Esse cheiro horrível! O que é? É de alguma coisa ali? — Apontei com um dedo trêmulo para a grade.

Slither inclinou a cabeça e farejou o ar.

— Sim. O que você está sentindo é o cheiro do Haggenbrood. É de lá que ele vai emergir. Chegue mais perto e venha dar uma olhada — sugeriu, indo em direção ao centro da arena.

Mais uma vez a corrente esticou quando eu resisti. Mas dessa vez Slither deu um puxão forte e eu cambaleei relutante atrás dele até nos aproximarmos da beira.

— Olhe para baixo para a grade, pequena Nessa, e me diga o que está vendo.

A grade era larga e branca, mas o interior do buraco era marrom-escuro. Estava coberto por alguma coisa extremamente desagradável. De perto, o fedor era insuportável, e tentei me afastar.

— O Haggenbrood expele essa substância pegajosa marrom de seus três corpos como parte do seu processo digestivo. É isso que provoca o fedor. Não tenha medo. Aproxime-se para que possa ver direito.

Cuidadosamente fui para a beira do buraco e olhei para a escuridão. Estava me sentindo nervosa e vulnerável, e minhas pernas tremiam. Por que Slither queria que eu ficasse tão perto? A grade parecia fraca demais para suportar o meu peso. A mão dele tocou meu ombro e por um instante assustador eu achei que ele fosse me empurrar para dentro.

— Tem alguma coisa se mexendo ali! — gritei, tremendo de medo. Embaixo, apesar da escuridão, vi três pares de olhos vermelhos brilhantes me observando!

No instante seguinte, algo pulou para cima, e os dedos longos e cheios de escama de uma mão enorme agarraram a grade. A criatura rugiu para nós através das barras, claramente desesperada para enterrar os dentes na minha carne. Enxerguei sua boca rosnando, seus olhos vermelhos furiosos e as orelhas pontudas.

Era isso que estávamos encarando. Meus joelhos começaram a tremer mais violentamente e meu coração disparou de medo.

Que chance Slither tinha contra três feras tão assustadoras? Estávamos mortos.

Mas meu captor não demonstrou medo, e com a cara franzida foi até a grade diretamente acima do rosto rosnante da criatura.

— Aprenda o seu lugar! Eu caminho pela terra e seu lugar é no lixo! — gritou ele por entre os dentes, pisando forte em seus dedos com as botas. Com um rosnado furioso, o Haggenbrood soltou a grade e caiu de volta no buraco.

— Nunca demonstre medo a essas criaturas, pequena Nessa — aconselhou-me. — Coragem sempre! É recompensador mostrar a eles exatamente com quem estarão lidando na arena.

— É tão rápido e feroz. — Balancei a cabeça desanimada. — Que esperança você tem contra três deles? Você estará sozinho. Certamente deveria ter alguma ajuda?

— Ah, Nessa, você precisa prestar mais atenção ao que eu digo. É pior ainda do que isso. Conforme expliquei, o Haggenbrood é *uma* criatura. Uma mente controla os três corpos, três *vidas*, e pode coordenar o ataque com a mesma facilidade que eu controlo os dedos das minhas mãos.

Para demonstrar, ele abaixou a mão cabeluda e tamborilou um ritmo rápido do lado da minha cabeça com três dos seus dedos. Doeu e eu soltei um grito de dor. Em seguida, ele rapidamente flexionou os mesmos dedos, fazendo as juntas estalarem repetidamente. Tremi.

— Vocês estarão imóveis, presas aos postes, e eu só poderei estar em um lugar de cada vez. Vou tentar, mas pode ser impossível defender as três. Estarei sozinho, é claro, pois são essas as regras. Só eu e minhas purrai podemos entrar na arena para encarar o Haggenbrood.

— Então não se preocupe comigo — disse a ele. — Defenda minhas irmãs.

Falei sem pensar, mas não retiraria o que disse. Embora eu morresse de medo do Haggenbrood, não suportava a ideia do que poderiam fazer com Bryony e Susan.

— É muito nobre da sua parte, pequena, mas isso depende de como o Haggenbrood vai agir.

— Você não pode ter iniciativa e atacar primeiro? — perguntei.

— Devo explicar de novo? Existem regras, pequena Nessa, e eu estou preso a elas. Elas variam de julgamento para julgamento, ajustadas em consideração ao número de purrai envolvidas. Mas essa é a situação e temos que agir de acordo com ela. Primeiramente a grade será removida e o Haggenbrood sairá do buraco. Depois que os três estiverem posicionados, o sinal será dado para o início. Eu só posso reagir ao ataque, que pode ser direcionado a qualquer uma de vocês. Alternativamente, vocês podem ser ignoradas e o ataque será todo em cima de mim. Assim, depois que eu morrer, o Haggenbrood pode se alimentar de você e de suas irmãs roliças como bem entender. Além disso, se atacá-las primeiro e duas de vocês morrerem, tenho que entregar minhas armas e permitir que me mate. Essas são as regras desse julgamento.

Não dava para acreditar que eu estava discutindo algo tão brutal.

— Que armas você pode usar?

— Quantas lâminas eu desejar.

— Então me liberte e me dê uma lâmina. Se eu me mover, ele pode se distrair e lhe dar mais chance. Temos que garantir a segurança das minhas irmãs.

Novamente as palavras voaram da minha boca sem pensar. Mas refletindo rapidamente, percebi que de fato eram sábias. Isso poderia dar às minhas irmãs a chance de viverem, e certamente seria melhor morrer com uma faca na mão do que presa a um poste.

Vi o espanto no rosto da fera. Ele franziu o cenho e parecia estar considerando a possibilidade.

— Isso seria permitido? — insisti, interrompendo o silêncio entre nós.

— Não existe nada nas regras que me impeçam de soltá-la — admitiu. — Sua oferta é, de fato, generosa. Mas ao passo que o Haggenbrood é proibido de deixar a arena, você não é. E aí mora o perigo. Se você fugisse, o julgamento imediatamente acabaria e todas as nossas vidas seriam tomadas. Quão corajosa você é, pequena Nessa? Você daria conta quando dentes e garras agarrassem seu rosto?

— Sim — respondi imediatamente. — Pode ser a nossa chance.

Mas será que eu aguentaria? Será que eu realmente seria corajosa o suficiente para distrair esse terrível e assustador Haggenbrood?

— Mesmo que você não seja feita em pedacinhos, o Haggenbrood tem glândulas que secretam um veneno mortal. Se a menor ponta de uma das garras furar sua pele, resultará em kirrhos, que chamamos de "morte fulva". É feia de ver e pior ainda de sentir. Não há cura. Então você consegue *fazer* seu pequeno corpo humano obedecer sua vontade, pequena Nessa? O pavor pode fazê-lo desobedecer. E, uma vez que fuja da arena, todos estamos mortos. Um pequeno passo seria o suficiente!

Respirei fundo. Sim, eu faria. Apesar de não gostar de Slither, a situação nos tornava aliados, e eu teria que trabalhar com ele para dar às minhas irmãs alguma esperança de sobrevivência.

— Tenho certeza de que não vou fugir. Quero dar às minhas irmãs uma chance de viver.

Slither me encarou.

— Soltar uma presa durante o julgamento por combate é sem precedentes — disse ele. — Seria uma surpresa completa para todos, inclusive para o Haggenbrood.

Então, sem mais uma palavra, ele puxou a corrente e me conduziu de volta aos seus aposentos em Valkarky.

CAPÍTULO 14
FOFOCA E NOTÍCIAS

Utilizando um amolador, comecei a afiar sistematicamente as lâminas que pretendia usar na arena. Selecionei duas adagas junto com o sabre do Velho Rowler — que rapidamente tinha se tornado minha arma favorita.

Enquanto eu trabalhava, Nessa me observava atentamente. Eu estava considerando sua proposta surpresa. Ela era, sem dúvida, corajosa — muito mais do que qualquer outra purra que eu já tinha encontrado —, mas deixá-la solta na arena envolvia muitos riscos. Se ela fugisse, eu estaria morto. Senti que ela estava prestes a dizer alguma coisa importante e logo descobri que tinha razão.

— Gostaria de pedir um favor — disse ela, afinal.

— Fale e ouvirei — respondi, concentrando boa parte da minha atenção na tarefa em mãos, mas preparado para ouvi-la.

— Minhas irmãs poderiam ser presas aos postes sem estarem acordadas? — perguntou. — Gostaria de poupá-las do terror da arena.

— Isso é impossível, pequena Nessa. Não seria permitido; privaria as testemunhas do julgamento do prazer de ouvi-las gritar. E é mais agradável ver alguém consciente sangrar e morrer. Dormindo elas não oferecem nenhum entretenimento.

Quando jovem, uma vez visitei um julgamento. Acabou muito depressa, mas apesar disso gostei da forma como Haggenbrood despachou suas vítimas e da maneira como o sangue respingou, formando desenhos agradáveis no chão branco da arena. Mas em minhas raras visitas a Valkarky desde que assumi minha vocação, nunca nem considerei ir a outro.

Agora eu estava confortável sozinho, trabalhando na minha haizda, e preferia ficar longe do clamor desses eventos. Não achava mais confortável ficar perto de tantos dos meus em um lugar.

— Entretenimento?! Como você pode usar uma palavra dessas quando a jovem vida das minhas irmãs podem se perder? Que tipo de criaturas vocês são?

— É assim que as coisas são, pequena Nessa. Somos muito diferentes dos humanos. É como o meu povo funciona, e eu sou preso aos costumes e convenções Kobalos. Então não posso fazer nada para poupar você nem suas deliciosas irmãs do inevitável medo e da dor que as esperam.

Eu não conseguia deixar de me impressionar pelo fato de que Nessa estava preparada para se sacrificar para ajudar as irmãs. Claro, aguentar e enfrentar uma única das vidas do Haggenbrood assim, mesmo com uma faca em sua pequena mão, só poderia ter um resultado. Ela estaria morta antes mesmo de se dar conta do que tinha acontecido. Mas eu achava que tanta coragem merecia uma recompensa.

O que ela mais gostaria agora? Em um segundo tive resposta. Por um instante eu suspenderia o confinamento solitário das três purrai.

— Você gostaria que eu acordasse suas irmãs agora para que vocês possam ter um tempo a sós? Pode ser a última chance de conversarem juntas — ofereci, muito generosamente, eu achei.

— Sim, por favor, eu gostaria muito disso — disse Nessa solenemente. — Quanto tempo falta para o julgamento?

— Quase um dia inteiro, então aproveitem e extraiam o melhor do que resta. Trarei suas duas irmãs roliças aqui e depois as deixarei sozinhas para conversarem com privacidade por um tempo.

Então, cumprindo minha promessa, juntei as três irmãs. Claro, eu não lhes dei privacidade porque estava muito curioso para ouvir o que tinham a dizer uma para outra, então me encolhi a um tamanho bem pequeno e deslizei para o quarto utilizando um ralo no chão como meu meio de acesso.

— Queria ter roupas limpas e um laço azul para o meu cabelo — disse Susan lamentosamente.

— Tenho certeza de que você terá tudo de que precisa depois que estiver segura em Pwodente — respondeu Nessa. — Aconteça o que acontecer, vamos sobreviver. Você precisa acreditar nisso.

— Sinto muito — disse Susan, balançando a cabeça enquanto lágrimas caíam de seus olhos. — Vou tentar, mas não sou tão corajosa quanto você, Nessa. Vou tentar melhorar. Vou mesmo.

Não parecia válido ficar mais — as irmãs tinham muito pouco de interessante para falarem uma para a outra. Nessa tentou se manter calma, mas, após Susan tê-la elogiado por sua coragem, toda vez que ela começava a falar, seu lábio inferior começava a tremer como se tivesse vida própria. Quando ela finalmente conseguiu expelir algumas frases, as três irmãs começaram a chorar, e passaram o resto do tempo que tinham chorando e se abraçando com força. Tudo muito fútil.

Eu lamentava estar encarando a morte. Agora eu jamais atingiria o meu potencial completo. Eu precisava de pelo menos mais um século de estudo antes de poder finalizar meu domínio de magia de haizda e aprimorar minhas habilidades de luta ao máximo. Também teria sido agradável aprender a superar os perigos da ameaça de skaiium, evitando a fraqueza que aflige alguns de nossa ordem. Agora eu jamais saberia o resultado. Contudo, decidi aproveitar ao máximo o que poderia ser meu último dia de vida neste mundo, então fui para o meu quarto e estalei meus dedos cinco vezes para invocar Hom, um tipo de homúnculo, que talvez seja o tipo mais interessante de servo enviado a Valkarky pelos magos de haizda. Ele reúne notícias e fofocas, e suas múltiplas formas são especialmente formadas para essa tarefa.

Um, que tem forma de rato, funciona particularmente bem nos esgotos, possibilitando que suas orelhas especialmente adaptadas ouçam conversas por toda a cidade; enquanto submerso, ele pode concentrar sua audição em uma conversa, apesar da intervenção de muitos andares e paredes de skoya.

Outra de suas formas tem asas poderosas que podem voar muito acima da cidade para verem seus telhados e assim enxergarem qualquer um se aproximando ou partindo de Valkarky.

A forma que oferece seus relatórios é a de uma pequena figura não muito diferente de um pequeno humano. Claro, é coberto por longos pelos marrons para se manter aquecido e sempre vive em nossos aposentos na haizda, enquanto seus outros corpos industriais vão longe. Após sair do buraco, ele subiu na cadeira diretamente oposta à minha.

— Relate o progresso de todos os outros magos de haizda! — ordenei.

Nunca no curso das minhas visitas a Valkarky eu tinha encontrado outro mago de haizda em residência aqui. De fato, fazia muitos anos que eu tinha encontrado o último enquanto viajava pela borda dos territórios humanos para o sudeste. Passamos algumas horas juntos e trocamos algumas gentilezas — por natureza somos discretos. Mas cada mago de haizda apresentava um relatório a Hom antes de deixar a cidade, e essa informação agora estava disponível para mim.

— Além de você, onze outros visitaram e prestaram relatórios nos últimos trinta anos — disse Hom. — Sem dúvida você se interessará em saber que há dezoito meses Rasptail fez o que acreditou que seria sua última visita aqui. Ele agora tem quase 800 anos de idade e teme que seus poderes estejam começando a apresentar um lento declínio. Depois que estiver certo disso, ele sugere acabar com a própria vida.

Hom estava certo ao presumir que eu teria interesse nas notícias de Rasptail. Afinal, ele foi o mago de haizda que me treinou durante meu noviciado, o período de trinta anos que inicia a vocação. Depois disso, um mago de haizda deve estudar e se desenvolver por conta própria. Rasptail foi um mestre duro, porém justo, e fiquei triste ao ouvir que seus poderes estavam se esgotando. Era o costume haizda tirar a vida nesse ponto. Escolhemos a morte em vez de um longo declínio.

Em seguida ele me relatou o último status conhecido dos outros dez magos. Quando terminou, eu estava cansado disso e mandei me dar informações sobre Valkarky e seus habitantes.

— O que quer primeiro, mestre: notícias ou fofocas? — perguntou Hom com sua voz fina.

Notícias costumam ser bem previsíveis — variações sobre eventos que se repetiram em nossa cidade por muitos séculos.

Por exemplo, tem a proporção em que Valkarky vem crescendo; em alguns anos o crescimento é mais lento, e isso sempre gera preocupação naqueles que se importam com essas coisas. E há estatísticas sobre a execução de prisioneiros — normalmente criminosos. Acho quase tudo isso bem chato.

Contudo, gosto de fofoca; ocasionalmente elas têm algum fundamento.

— Conte as fofocas mais interessantes — instruí, notando que Hom parecia bastante desgastado, seu pelo opaco e grisalho. Ele estava ficando velho e logo teria que ser substituído.

— A coisa mais comentada, mestre, é que uma grande pedra-estrela caiu na terra não muito longe da cidade. Ao aquecer, passando pelo ar, assumiu um tom escarlate muito interessante, sugerindo que seja composta por minérios perfeitos para a construção de lâminas. Muitos estão procurando-a.

Pedras-estrelas eram muito valiosas, mas era provável que procurá-la fosse uma tarefa inútil. Provavelmente tinha queimado antes do impacto — ou talvez tivessem se enganado quanto a cor. Tais objetos, com suas grandes exibições pirotécnicas, eram frequentemente vistos, mas raramente encontrados. Podia até ser o mesmo que vira ao norte. Mas, se fosse, não tinha qualquer indício de vermelho.

— Mais alguma coisa? — perguntei.

— Comenta-se que uma purra solitária estava na área em que a pedra caiu. Ela foi feita prisioneira, mas com grande custo para os Oussa. Dizem que ela resistiu e que pelo menos quatro deles foram mortos.

Isso sim era muito interessante, mas bastante improvável. Os Oussa eram a guarda que respondia diretamente ao Triunvirato, que era composto pelos três Altos Magos mais poderosos da cidade. Uma pessoa matar quatro membros de sua guarda de elite era mais improvável até do que o meu próprio feito de matar um assassino Shaiksa. E, afinal de contas, eu sou um mago de haizda, não uma mulher solitária.

Fiquei curioso.

— Gostaria de ver o corpo dela — falei. — Falam sobre onde ele está?

— Dizem que ela foi levada com vida e está sendo mantida em uma das masmorras mais seguras da Oussa.

— Levada com vida?! — exclamei. Isso era ainda mais improvável. — Investigue isso melhor — ordenei. — Traga um relatório assim que conseguir. Quero saber onde a purra está sendo mantida.

Hom voltou para o buraco enquanto me ocupei com a preparação para a minha batalha contra o Haggenbrood. Comecei com exercícios mentais em que eu visualizava os passos que conduziam à vitória. Primeiramente me coloquei na arena; em seguida, com meu olho da mente, visualizei o Haggenbrood tirando seus três corpos do buraco. Concentrei-me até conseguir ver a criatura e sentir o seu cheiro. Gradualmente regulei minha respiração, tornando a imagem mais definida, mas eu só tinha completado a sequência preliminar, entrando no primeiro nível de concentração, quando Hom reapareceu e tomou o seu lugar mais uma vez na cadeira à minha frente.

— Fale! — comandei. — O que aprendeu?

— Eu agora posso elevar os dois relatos de "fofoca" para "notícia". A pedra-estrela foi encontrada pelos Oussa e trazida para a cidade com a purra. A atual localização da pedra é desconhecida, mas a purra está sendo mantida no Distrito Yaksa Central, Nível Treze, cela 42.

Esse era o complexo de masmorras mais seguro da cidade, e a cela 42 normalmente era reservada apenas aos prisioneiros mais perigosos e habilidosos. Como uma simples purra seria digna de tal honra?

Senti uma compulsão imediata de vê-la pessoalmente. Eu tinha muito mais tempo do que o necessário para concluir minhas preparações para a batalha, então esse seria um passatempo interessante. Sem delongas, dispensei Hom e parti para o Distrito Yaksa Central.

Sendo obrigado por honra a passar pelo julgamento por combate, meus movimentos pela cidade não eram restritos. Contudo, uma vez que chegasse à zona de segurança, eu provavelmente seria interrogado e até preso se ignorasse os avisos sobre continuar.

Então me fiz o menor possível e utilizei magia forte o suficiente para me esconder de todos, exceto dos mais poderosos observadores. Apenas os magos e assassinos mais graúdos poderiam me ver agora. Os seguranças sem dúvida podiam penetrar os dispositivos normais de cobertura dos magos da cidade, mas eu era de haizda, e por sorte nossos métodos eram muito incomuns.

Nível após nível comecei a descer. Inicialmente os corredores e pátios estavam lotados de Kobalos. Atravessei as vendas multicoloridas onde mercadores ricos expunham seus bens para clientes ainda mais ricos, enquanto outros só podiam olhar e sonhar. Três níveis abaixo isso deu lugar a bancadas de comida onde ambulantes cozinhavam sangue, osso e miúdos sobre fogo aberto, preenchendo o ar com odores pungentes.

Meu local favorito aqui era onde ficavam os tanques de sangue. Pelo preço de dois cavalinhos, você podia beber o quanto quisesse. Estiquei a língua até alcançar a parte mais espessa e viscosa do líquido maravilhoso, e então, com a barriga cheia, continuei minha descida.

Após um tempo deixei as multidões de Kobalos para trás, encontrando apenas guardas ocasionais; oculto como estava, consegui passar facilmente por eles. Quando cheguei ao Nível Doze, as únicas coisas que se moviam lá eram os whoskor ou outras entidades semelhantes. Em determinado ponto vi uma enorme criatura semelhante a uma minhoca, que me olhou da entrada de um túnel escuro, seu único olho gigante e vermelho acompanhando meu progresso. Eu não tinha um nome para ele. Era novo para mim, sem dúvida resultado de alguma novidade mágica desenvolvida pelos Altos Magos. O que me perturbou momentaneamente foi que ele pôde me ver, apesar da minha cobertura. Mas ele deslizou lentamente de volta para o túnel e não demonstrou mais nenhum interesse na minha descida.

Levei quase uma hora para penetrar até o Nível Treze. Menos de cinco minutos depois eu estava do lado de fora da cela 42. Tochas piscavam nas paredes do corredor úmido, que não era feito de skoya — essas masmorras tinham sido talhadas em pedra muito abaixo da cidade. Ouvi rosnados por todos os lados, e gritos ocasionais cortavam o ar, enchendo minha boca de saliva. Então alguém começou a implorar:

— Não! Não! — gritava a voz lamentosamente. — Não me machuque mais! Já é demais! Eu confesso! Eu confesso! Eu fiz tudo de que me acusam. Mas por favor, pare. Eu quero...

A voz se tornou um grito de agonia, o que significava que a tortura tinha continuado e, sem dúvida, piorado. Eu gostei, mas devo dizer que jamais poderia ser um torturador. Prefiro causar dor na batalha, testando-me contra alguém que demonstre ardor e coragem.

Estes agradáveis sons vinham das celas onde os inimigos de Valkarky estavam sendo confinados. Estavam sendo merecidamente torturados. Era um prazer ouvir seus gritos de dor. Mas da cela 42 não vinha nenhum som. Será que a purra estava morta? Sem dúvida ela estava fraca demais para suportar as torturas engenhosas aplicadas.

Deslizei por baixo da porta para descobrir que as coisas eram muito diferentes do que eu esperava. De imediato soube que a prisioneira estava mais viva do que nunca. Não só isso — apesar da minha magia de cobertura, ela podia me ver. Ela me olhou de um jeito que não deixou dúvida. Também ficou claro que ela não me achava melhor do que um inseto que ela esmagaria com um pisão.

Claro, ela não se encontrava apta a fazer isso porque estava presa à parede com grilhões de liga de prata. Havia um em cada pulso e cada pé. Além disso, uma corrente de prata se enrolava em torno do seu pescoço, esticada e presa a um gancho grande no teto da masmorra. Isso para não comentar seus lábios, que estavam costurados com um fio de prata para que ela não pudesse falar. Senti que ela estava com muita dor, e era impressionante que não estivesse gemendo.

Ela não estava de saia — a roupa habitual das purrai tanto da cidade quanto de fora. Sua vestimenta era dividida e apertada em volta de cada coxa. No seu tronco havia uma pequena camisa marrom amarrada na cintura.

Inchei-me a uma altura que nos deixou cara a cara e decidi que eu precisava falar com essa purra. Sem dúvida tinham costurado seus lábios por um motivo, e era arriscado remover os pontos, mas eu estava curioso para saber mais. Saquei uma lâmina e com a ponta afiada cortei cuidadosamente o fio de prata. Depois o soltei com um puxão que fez seus lábios inchados caírem abertos.

O que vi dentro de sua boca me surpreendeu. Seu dentes tinham sido lixados e transformados em pontas.

— Quem é você? — perguntei.

Ela então sorriu para mim. Não foi o sorriso de uma prisioneira amarrada. Foi uma expressão que poderia ter passado por seu rosto se nossos papéis estivessem invertidos.

— Eu estava esperando sua visita — disse, ignorando minha pergunta. — Por que demorou tanto?

— Esperando por mim? — perguntei. — Como?

Sua expressão se tornou severa e dominadora — totalmente inapropriada para uma purra.

— Eu o invoquei há duas horas, pequeno mago.

Que loucura era essa? Por um instante fiquei sem palavras.

Então ela sorriu um sorriso largo que exibiu todos os seus dentes afiados.

— Eu sou Grimalkin.

CAPÍTULO 15
GRIMALKIN

Eu a olhei com espanto.

— Você diz seu nome como se eu devesse conhecê-lo. Nunca ouvi falar em uma purra chamada Grimalkin. Você alega ter me "invocado"? Que tolice é essa? — questionei.

— É a verdade — respondeu ela. — Uma vez que descobri tudo que havia para saber sobre você, o invoquei por magia utilizando um feitiço de compulsão. Eis o instrumento de sua desgraça!

Com um ligeiro movimento de sobrancelhas, ela apontou para o canto da cela. Uma das formas de rato de Hom estava ali. Seus olhos estavam fechados, e seu rabo fino tremia como se estivesse no meio de uma convulsão.

— Mesmo com meus lábios atados, foi simples controlar tão tola criatura. Quando veio me procurar, suguei de seu corpo todo o conhecimento de que eu precisava. Então foi muito fácil trazê--lo aqui. Sei tudo sobre você, mago. Sei da encrenca em que está metido. E estou disposta a ajudá-lo, mas precisarei de três coisas em troca.

— Me ajudar? Você não está em posição de ajudar ninguém! E em breve estará morta. Quatro membros dos Oussa perderam as vidas tentando trazê-la em custódia legal. Seu mandado de execução já foi assinado. Sem dúvida atrasarão sua morte para prolongarem sua dor e descobrirem o que puderem de você.

— Não houve nada de legal na minha captura — retorquiu a purra. — Roubaram de mim um pedaço de minério de estrela que estava em minha posse. Outras coisas mais importantes também foram confiscadas. Precisa devolvê-las a mim para obter minha ajuda.

Então a purra tinha achado a pedra-estrela. "Achado não é roubado." Essa costuma ser a lei nesses casos, mas os Oussa não aceitariam que uma humana solitária, principalmente uma purra que estava tão perto de Valkarky, tivesse algum direito. Uma pedra-estrela era um item raro, muito valioso e muito procurado. Uma arma feita com tal minério só poderia ser fabricada pelo mais habilidoso dos ferreiros, mas adequadamente trabalhado, o resultado seria uma lâmina inquebrável e que jamais perderia sua ponta. Mesmo que a pedra-estrela não tivesse sido um fator, essa purra teria sido presa ao ser avistada e devorada ou presa na escravidão. O fato de que resistiu significava morte certa.

Por direito eu deveria tê-la deixado para o seu destino, mas eu estava dominado por uma curiosidade opressora e queria saber mais. E eu também estava impressionado com sua coragem e habilidade de combate ao assassinar quatro dos Oussa.

— Se você estivesse livre, como poderia me ajudar? — perguntei.

— Você enfrenta um julgamento por combate contra uma criatura que chama de Haggenbrood. Ela nunca foi derrotada, então a história diz que você vai perder e morrer...

Levantei a mão para protestar, mas ela continuou falando, uma pouco mais rápido do que antes.

— Não tente negar. Sei tudo sobre você; informações extraídas da mente do seu pequeno espião. Conheço a situação e pensei no que fazer. Eu poderia tomar o lugar de uma das três meninas presas aos postes na arena; a que se chama Nessa tem o tamanho mais próximo do meu; tenho a imagem dela na cabeça, cortesia do seu espião. Liberte-me e me dê uma lâmina, como pretendia fazer com ela. Vou lutar ao seu lado; consequentemente, o Haggenbrood vai morrer e você poderá deixar a cidade com as três meninas.

— Isso é tolice — respondi a ela, espantado com a forma como tinha entrado na minha cabeça. — Não sei por que estou perdendo meu tempo dando ouvidos a você. Mesmo que eu pudesse libertá-la desta cela, você não acha que sua substituição pela pequena Nessa seria percebida?

A purra sorriu e seu corpo inteiro pareceu brilhar, então eu tive um momento de tontura. E ali, diante de mim, com os pinos de prata em suas mãos e seus pés, a corrente de prata presa firme em seu pescoço, estava Nessa.

— Agora acredita? — perguntou, falando com a voz da pequena Nessa, a entonação e a pronúncia completamente corretas. Rapidamente, usei mágica para tentar combater a ilusão, mas não adiantou de nada. A imagem de Nessa nem tremeu.

— Como fez isso? — demandei. — Você não viu Nessa nem a ouviu falar.

— Não existem palavras meramente dentro de uma cabeça! — retorquiu a feiticeira. — Há imagens e sons; peguei tudo de que precisava da cabeça do seu pequeno espião. O resto estou tomando da sua mente mesmo enquanto conversamos!

Irritado por isso, tentei deslizar para sua mente. Pretendia lhe causar dor — apenas o suficiente para um grito. Mas não consegui. Havia alguma espécie de barreira ali — alguma que eu não conseguia penetrar. Ela era forte.

— Eu acredito que você realmente possa entrar na arena com esse disfarce e enganar os espectadores; até mesmo os Altos Magos — admiti relutantemente. — Mas o que a faz pensar que lutando ao meu lado a nossa vitória seria certa?

— Eu sou Grimalkin, a assassina do clã Malkin. Sou uma feiticeira que pode brandir magia poderosa; mais do que isso, sou habilidosa nas artes do combate. Eu poderia derrotar Haggenbrood sozinha se fosse preciso.

Eu teria rido da sua arrogância, mas não o fiz. Eu nunca tinha ouvido falar no clã Malkin nem em uma feiticeira assassina, mas essa purra irradiava muita certeza e confiança. Ela realmente acreditava que era capaz de fazer aquilo. E ela não já tinha matado quatro guardas de elite?

— O verdadeiro problema seria tirá-la daqui e levá-la aos meus aposentos antes do julgamento — expliquei. — Essa masmorra é muito segura. Eu só consegui chegar até esse nível porque consigo me fazer muito pequeno, conforme você já viu. Consigo deslizar por uma fenda ou por baixo de uma porta. Você consegue fazer isso?

Ela balançou a cabeça, e seu corpo todo brilhou. Mais uma vez eu estava olhando para a purra de dentes afiados.

— Consigo criar essa ilusão, mas não tenho a capacidade de mudar meu tamanho. Se você soltar o aperto da corrente de prata no meu pescoço, eu faço o resto. Mas ainda preciso de três coisas suas em troca.

— Diga quais — falei.

— Em primeiro lugar, quero minhas armas de volta. São dez lâminas e um par de tesouras especiais. Também exijo as faixas e capas que as sustentam. Em segundo lugar, quero o pedaço do minério de estrela que foi tirado de mim.

— Vai ser bastante difícil recuperar e devolver suas armas; conseguir a pedra-estrela então será impossível. É muito valiosa e está muito bem protegida. Muito provavelmente já foi colocada na Sala de Pilhagem, o cofre mais seguro da cidade.

— Eu a quero. Ela pertence a mim!

— Uma purra não tem direitos de propriedade. Pare de fazer exigências tolas e contente-se com suas armas.

— Mago — disse ela, desdenhosamente —, foi uma questão de posse que o trouxe à posição extremamente difícil na qual você agora se encontra. Pelo seu servo fiquei sabendo como você matou um Alto Mago e um assassino Shaiksa para recuperar as três meninas. Sei que você é um grande guerreiro, portanto lhe ofereço o respeito que a outros negaria. Mas viemos de diferentes raças e culturas. Em Pendle, onde moro, não existe escravidão nem posse de pessoas, e uma mulher *pode* ter posses. Então enxergamos as coisas a partir de diferentes perspectivas. Aceite meus direitos, e eu aceitarei os seus. E agora chegamos à terceira coisa que você deve me trazer. É um saco grande de couro que contém algo muito perigoso. Das três coisas que quero de volta, essa é a mais importante.

— Então você precisa me dizer exatamente o que ela contém.

— Seria melhor se manter ignorante, mas enxergo sua mente, mago, e sei que a curiosidade é o seu maior defeito. Foi essa característica que usei no meu feitiço de compulsão para trazê-lo até aqui. Se eu ficar quieta, você vai se meter assim mesmo. O saco contém a cabeça do Maligno, a mais poderosa de todas as entidades que atuam nas trevas.

As palavras dela me intrigaram. Eu nunca tinha ouvido falar em nada chamado de o "Maligno". E também não entendia o que ela queria dizer com "trevas". Além deste mundo havia domínios dos espíritos tais como Askana, o habitat dos nossos deuses, mas quanto às almas de Kobalos e humanos, desconhecíamos para onde iam após a morte. Eles subiam ou desciam, e nenhum voltava para contar sobre sua experiência, mas a maioria desconfiava que era melhor subir do que descer.

— O que são "trevas"? — perguntei.

— É onde vivem os demônios e os deuses. E seus servos após a morte. É o lugar para onde nós, feiticeiras, retornamos.

— A cabeça de um deus está no saco? — perguntei.

— Sim, ele pode ser descrito como um deus. Existem muitos Deuses Anciãos e, intacto, ele é mais poderoso do que todos os outros juntos. O resto do seu corpo está preso longe, e a cabeça deve ser mantida separada, para impedir que seus servos tenham sucesso em ressuscitá-lo. Sua vingança seria terrível.

— Não sei nada sobre seus deuses — disse à purra. — Nós temos muitos. O meu favorito é Cougis, o deus de cabeça de cachorro, mas muitos dos meus veneram Olkie, o deus dos ferreiros Kobalos, que tem quatro braços de ferro e dentes de aço. Mas o maior dos nossos deuses se chama Talkus, que significa o Deus Que Ainda Será. Ele ainda não nasceu, mas todos nós esperamos ansiosamente sua chegada.

A purra chamada Grimalkin sorriu para mim, exibindo seus dentes afiados.

— Seu povo tem suas verdades, e o meu tem as dele. Somos muito diferentes em nossas crenças — argumentou. — Respeitarei sua fé, e em troca peço que respeite a minha. A cabeça no saco tem que ser devolvida para mim. É o que há de mais importante. Mas, o que quer que você faça, deixe-a no saco. Seria extremamente perigoso removê-la. Se desejar sobreviver, terá que vencer sua curiosidade.

— Primeiro devo localizá-la — falei, depois apontei para o rato que tremia. — Liberte-o de sua magia para que ele possa encontrar o saco e os outros itens que você quer.

A purra assentiu, e Hom de repente parou de tremer e rolou para cima dos seus pequenos pés de rato, os bigodes tremendo. Rapidamente lhe dei instruções:

— Preciso da localização exata de diversos objetos tomados dessa purra pelos Oussa — expliquei a ele. — O mais importante é um saco grande de couro. Em segundo lugar, encontre a pedra-estrela. Além disso, há algumas armas e as faixas e capas que as contêm. Reporte assim que completar sua tarefa!

Ele se virou e, com uma tremida furiosa do rabo fino, deixou a masmorra.

— Quanto tempo deve levar? — perguntou a purra.

— Muito menos do que levará para conseguir o que você pediu. Mas ele não voltará aqui; apesar de ter audição aguçada e a visão afiada, nessa forma ele perde a habilidade de falar. Então agora devo me retirar e voltar aos meus aposentos para ouvir o relatório de uma de suas formas que fale.

— Antes de ir, vamos deixar claros os termos do acordo — disse a purra.

Eu a encarei, espantado.

— Sei tudo sobre a importância dos acordos para o seu povo — prosseguiu. — Se fizer o seu melhor para me devolver minhas posses roubadas e me permitir me soltar, em troca o ajudarei a matar o Haggenbrood. Além disso, uma vez que deixarmos esse lugar, não farei nada para dificultar o que você considera seus assuntos por direito. Temos um acordo?

— Preciso de tempo para pensar. Considerarei a possibilidade.

— Temos pouco tempo! Antes de ir, solte o nó no meu pescoço! Faça isso agora!

Balancei a cabeça.

— Não, eu não posso fazer isso agora. Primeiro tentarei conseguir os itens que foram tirados de você. Se eu conseguir, voltarei e farei o que está me pedindo.

Eu ainda não confiava na purra. Precisava considerar a situação com mais cautela. E, como disse a ela, eu queria ver se conseguia recuperar suas posses e assim cumprir com a minha parte do acordo.

A purra franziu o cenho de raiva, mas, sem dizer mais nada, encolhi e deslizei por baixo da porta.

CAPÍTULO 16
A FEITICEIRA MORTA

Voltei para os meus aposentos o mais rápido possível e esperei pelo relatório de Hom. De repente me senti muito incerto. A proposta feita pela purra de dentes afiados pareceu razoável na hora, mas agora, longe dela, me senti tolo.

Como eu poderia ter me permitido negociar com uma simples fêmea daquele jeito? Será que foi o skaiium? A mesma coisa que aconteceu quando falei com Nessa e ela pressionou a testa contra a minha. Eu tinha sido influenciado indevidamente e depois tentei resgatar de maneira imprudente sua irmã mais nova, matando um Alto Mago e um assassino Shaiksa no processo, o que me levara à minha atual situação. Agora estava acontecendo novamente com essa purra estranha.

Ou talvez ela estivesse usando alguma espécie de magia para controlar meus pensamentos e ações? Afinal, eu não sabia nada sobre essa feiticeira e sua mágica; minhas defesas habituais poderiam não ser eficientes.

Respirei fundo e comecei a me concentrar no problema, deixando de lado meus medos e tentando assimilar a situação de maneira lógica. Não havia dúvida de que a feiticeira humana poderia criar uma ilusão mágica forte o suficiente para se passar por Nessa. Eu estivera pronto para soltar a menina para distrair o Haggenbrood momentaneamente — então por que não fazer o mesmo com essa purra? Ela era a assassina de um clã de bruxas, e matar quatro dos Oussa provava que era uma grande guerreira.

Eu também sabia que poderia entrar em sua masmorra novamente sem ser detectado e soltar o nó em seu pescoço — fora tudo que ela pedira. Eu não entendia como ela faria para escapar e chegar aos meus aposentos para me acompanhar até a arena, mas isso era problema dela. Se ela fracassasse, eu simplesmente levaria as três irmãs e seguiria meu plano original.

O homúnculo saiu do buraco e subiu novamente na cadeira.

— Faça seu relatório! — ordenei.

— As armas e a pedra-estrela estão na Sala de Pilhagem do Triunvirato — anunciou Hom.

A Sala de Pilhagem era bem conhecida — era lá que eu esperava que os itens estivessem. Era efetivamente o tesouro do Triunvirato, o local onde bens de interesse especial ou de valor confiscados eram armazenados. Era bem protegida; bem protegida até demais — virtualmente impenetrável. Seria impossível recuperar os dois primeiros itens exigidos pela feiticeira humana.

— Descobriu a localização do saco de couro? — perguntei.

— Foi descartado; jogado em uma das calhas de lixo.

— Tem certeza? — perguntei. Como algo considerado tão importante pela purra de dentes pontudos podia ter sido descartado como inútil?

— Sim, o saco foi aberto e encontraram uma cabeça cortada em um estado tão avançado de decomposição que rapidamente jogaram fora.

— Dê-me a localização do lixo! — exigi.

Sem dúvida a cabeça apodrecida era uma abominação odiosa e fedorenta, mas a purra a considerava a mais importante de suas posses. Depois que eu explicasse a impossibilidade de obter o resto, isso poderia ser suficiente para satisfazê-la. Recuperá-lo não deveria ser difícil.

— Distrito Boktar Norte, Nível Treze, calha 179 — respondeu Hom.

— Vou até lá imediatamente. Faça uma de suas formas me encontrar lá e me levar diretamente ao saco.

Não demorei muito para chegar à calha 179, que estava lotada. De cima tinha a aparência de um semicilindro enorme e côncavo com um buraco oval no centro. Dos canos que lá despejavam, todos os tipos de restos estavam sendo jogados na boca aberta da calha fedorenta: essencialmente ossos, limo, miúdos e excrementos.

A skoya branca estava coberta por limo marrom amarelado com pedaços verdes, e eu fiquei satisfeito por não ter que descer para a calha em si: havia um sistema de escadas oferecidas aos funcionários da manutenção. O trabalho deles, além de cuidar dos canos e manter o fluxo rápido e livre, era descer para a área diretamente abaixo da calha e utilizar pás e carrinhos para espalharem os restos. Do contrário, o mofo crescente eventualmente bloquearia o fluxo.

Naveguei pela série de escadas. Olhando para baixo, dava para ver um Kobalos solitário empurrando um carrinho de chumbo enquanto ele se afastava do fluxo da calha. A presença de um mago de haizda ali podia ser reportada, então eu não queria ser notado. Pode haver até uma dúzia de Kobalos empregados em cada calha, mas cada um tinha que mover sua carga a alguma distância dela; se eu tivesse sorte, ninguém me veria. Então decidi conservar minha magia e prescindi do feitiço de cobertura.

Hom estava esperando obedientemente ao pé da escada; seu rabo fino de rato tremia de forma enérgica. Sem esperar a ordem, ele imediatamente correu e eu fui atrás, atravessando o lixo e sujando minhas botas. Não demorou muito até alcançarmos nosso objetivo. Encontrar foi fácil; o problema foi que alguém tinha chegado lá primeiro. Havia duas figuras ao longe, e uma estava segurando o saco. Estavam engajadas em uma conversa e de início não notaram minha aproximação.

Mas, quando eu estava a vinte passos delas, a que estava com o saco girou para me encarar.

Para meu espanto, vi que era uma purra, mas não de Valkarky — ela era uma estranha. Diferente da de dentes afiados, ela vestia uma saia que batia nos tornozelos, com um casaco de pele falso e sujo abotoado no pescoço. Estava descalça, com limo entre os dedos, e o rosto retorcido de ódio.

Será que eram cúmplices de Grimalkin, outras feiticeiras humanas? Se fosse, poderiam ter poderes mágicos e habilidades de luta semelhantes?

— Larguem o saco e saiam! — ordenei. — Vocês não têm nada que fazer na nossa cidade, mas podem conservar suas vidas.

A outra purra estava um pouco atrás da primeira e não consegui vê-la com clareza, mas a ouvi rir das minhas palavras.

A purra mais próxima jogou o saco para um lado, sacou uma faca e começou a marchar em minha direção, com uma expressão determinada no rosto. Ela murmurou algo baixinho, e eu percebi que ela era de fato uma feiticeira humana e estava tentando usar magia contra mim. Em segundos sua aparência mudou dramaticamente. Sua língua saiu da boca com o comprimento de um braço; era aforquilhada como a de uma cobra. Em seguida seu rosto se contorceu em algo bestial: presas grandes cresceram do seu lábio inferior, quase alcançando o queixo, e seu cabelo se tornou um ninho de cobras retorcidas.

Eu não sabia ao certo qual era o propósito da transformação. Talvez a intenção fosse me distrair de alguma forma. Não havia dúvida de que a feiticeira tinha se tornado muito mais feia do que antes, mas isso não afetou nem um pouco a minha concentração.

Dei um passo para trás, me concentrei, e antes que a faca chegasse ao alcance do meu corpo, saquei meu sabre e arranquei sua cabeça dos ombros. Ela sucumbiu, sangue esguichando do pescoço. Chutei a cabeça para longe e me preparei para encarar a segunda feiticeira.

Essa se aproximou de mim lentamente. Estava rindo outra vez como se achasse toda aquela situação muito divertida.

— Posso conservar a minha vida, é? — entoou. — E que vida seria essa?

Por um momento não entendi o que ela queria dizer, mas ela estava mais perto agora, a menos de dez passos de distância, e pude sentir o cheiro de barro, podridão e carne morta. O cabelo emaranhado estava cheio de lama seca e dava para ver larvas nele. Em seguida algo se contorceu e lentamente emergiu de sua orelha esquerda. Era uma minhoca da terra gorda e cinza.

Foquei minha audição nela e me concentrei. Ela estava chiando um pouco, mas não respirava de nenhuma forma natural e não havia pulsação. Isso só podia significar uma coisa.

Ela estava certa: ela não tinha vida. Já estava morta.

Atacou-me, correndo diretamente para mim, mãos esticadas, garras prontas para ferir minha carne.

Sou rápido, mas a feiticeira morta foi mais rápida. Sua investida súbita me pegou de surpresa, e as garras de sua mão direita erraram meu olho por um triz.

Mas sua mão esquerda não falhou. Agarrou forte o meu pulso esquerdo. Tentei soltá-lo puxando, mas a garra apertou. Eu jamais havia encontrado tamanha força. Dei um soco na cara dela com a minha mão livre, mas ela nem se mexeu. Seus dedos eram como uma pulseira metálica que ia apertando, cortando a carne para apertar meu osso. Minha mão dormente soltou o sabre, e ele caiu no lodo.

Capítulo 17
Temos um acordo?

Eu era um mago que tinha estudado o oculto por muitos anos. No entanto, eu não tinha nenhuma experiência com entidades que conseguiam funcionar em corpos essencialmente mortos. Naquele instante percebi o quão grande é o mundo e quanto eu ainda tinha a aprender. Nós, Kobalos, temos uma história de luta com humanos, mas sabemos que eles são muito mais numerosos do que nós. Talvez seja bom que eles sejam divididos em muitos reinos conflitantes, mas temos pouco conhecimento sobre qualquer um que use magia nesses lugares mais distantes. Portanto eu não sabia nada sobre feiticeiras humanas e seus poderes. Como, me perguntei, eu poderia matar o que já estava morto?

Saquei uma adaga com a minha mão livre e a enfiei na garganta da bruxa. Não surtiu efeito algum, e novamente suas garras avançaram para a minha cara. Girei para longe, ainda agarrado pela feiticeira, nossos corpos totalmente esticados.

Em seguida eu usei a lógica para avaliar a situação. Girei a adaga em um arco veloz. A lâmina cortou diretamente o pulso da feiticeira, arrancando-o do corpo. Ela caiu para trás no lodo, mas sua mão esquerda ainda agarrava meu pulso. Ele logo começou a tremer e lentamente relaxou até o instante em que o retirei e descartei. Quando a feiticeira morta se recuperou e se levantou, o sabre estava novamente na minha mão esquerda, e eu estava pronto.

Eu não tive escolha a não ser cortá-la em pedaços. De que outro jeito eu poderia acabar com o seu ataque?

Logo ela não tinha braços ou pernas e não conseguia nem se arrastar. Não havia sangue — apenas uma linha de fluido preto vil. Para garantir, arranquei sua cabeça e a segurei pelo cabelo. Seus olhos me encararam, carregados de fúria, e seus lábios tremeram como se ela fosse falar. Enojado, joguei sua cabeça o mais longe possível. Em seguida peguei o saco de couro, guardei meu sabre, limpando-o no tronco da feiticeira desmembrada, e voltei para a escada com Hom logo atrás.

Logo eu estava seguro de volta nos meus aposentos. Primeiro verifiquei as três irmãs. Estavam dormindo abraçadas.

Em seguida examinei o saco e o pesei cuidadosamente nas mãos. Certamente era muito grande. Lembrei-me do aviso que me foi dado pela feiticeira com dentes pontudos, mas eu estava curioso para ver essa cabeça — a do mais poderoso de seus deuses. Além disso, apesar do relato que me foi dado por Hom, a cabeça não fedia. Então soltei a corda e coloquei a mão lá dentro.

Senti algo afiado; algo feito de osso — dois objetos enrolados. Espiei dentro do saco. Eram chifres. Esse era um deus de chifres. Um dos nossos deuses de chifres se chamava Unktus, mas ele era uma deidade relativamente menor, cultuada apenas pelos membros mais medíocres da cidade. Puxei a cabeça para fora do saco, coloquei-a na cadeira em frente a mim e a estudei cuidadosamente.

Não era à toa que o tinham escolhido como chefe de seus deuses. Era muito mais impressionante do que as representações de Unktus nas grutas de adoração. Não havia sinal de putrefação, e os chifres não eram muito diferentes dos de um cordeiro. Outrora certamente fora nobre e bonito, apesar da aproximação com a forma humana. No entanto, tinha sido cruelmente mutilado. Um dos olhos estava faltando, e o outro estava costurado. A boca estava cheia de espinheiros e urtigas.

Satisfeita a minha curiosidade, eu estava prestes a guardar a cabeça de volta no saco quando as pálpebras costuradas sobre o olho remanescente tremeram. Imediatamente ouvi um rugido profundo. O som não veio da cabeça, mas do chão abaixo da cadeira. Isso era estranho — será que a cabeça poderia ainda estar consciente, e talvez a essência do deus não se confinasse somente à sua cabeça? Em algumas entidades a consciência pode ser difusa e não ficar meramente presa à carne.

A boca estava forçadamente aberta pelas urtigas e pelos espinheiros, então comecei a retirar tudo, derrubando-os no chão abaixo da cadeira. Logo vi mais evidências de violência: os dentes tinham sido esmagados; apenas cotocos amarelos remanesciam. Enquanto eu retirava o resto dos galhos dos espinheiros, ouvi mais um rugido. Dessa vez veio da boca, não do chão.

A mandíbula começou a se mexer e os lábios, a tremer. Primeiro veio um suspiro e uma coaxada, mas depois a cabeça falou de forma clara e eloquente.

— Eu o perdoo pelo que fez com minhas servas. Foi compreensível por serem intrusas em sua cidade. Mas faça o que eu disser agora e eu o recompensarei além de seus maiores sonhos. Desobedeça-me e lhe trarei uma eternidade de dor!

Respirei fundo para me acalmar e assimilei a situação antes de responder. Talvez a feiticeira tivesse razão; fui tolo ao abrir o saco e me sujeitar a riscos desnecessários. Ela certamente estava certa em relação à minha curiosidade. Era parte de mim. Às vezes o perigo tem que ser enfrentado para que se ganhe conhecimento. Eu sabia que tinha que ser corajoso e enfrentar esse deus mutilado.

— Você não está em posição de recompensar ninguém — falei para a cabeça. — Fui informado de que outrora você foi um poderoso deus, mas agora não é nada. Deve ser difícil para alguém tão alto ser reduzido a um lugar tão baixo.

Então, antes que o deus mutilado pudesse voltar a me incomodar com ameaças, enfiei os espinheiros e urtigas novamente em sua boca e guardei a cabeça de volta no saco.

Mais uma vez visitei o Distrito Yaksa Central, Nível Treze, cela 42.

Encolhi-me a um tamanho bem pequeno e deslizei sob a porta da masmorra. Olhei para cima e encontrei o olhar malevolente da feiticeira humana, em seguida cresci até estarmos nos olhando olhos nos olhos.

— Recuperou minhas posses? — perguntou ela friamente.

— Estou com o saco da cabeça arrancada do seu deus — disse a ela. — Está nos meus aposentos. Além disso, sei onde estão suas lâminas e a pedra-estrela, mas você terá que se virar sem elas. Estão no local mais seguro da cidade. Mas estas — coloquei duas das minhas lâminas no chão diante dela — podem lhe servir bem.

— Temos um acordo? — perguntou.

— Sim, temos um acordo. Você tem a minha palavra.

Então a barganha foi feita, e eu fiquei satisfeito. Lutando junto com a bruxa, eu teria uma chance real contra o Haggenbrood. Mas ainda havia obstáculos a serem superados. Será que ela realmente conseguiria completar sua fuga e chegar em segurança aos meus aposentos?

— Bem, mago, agradeço pelo empréstimo das lâminas, e você tem a cabeça, que é o mais importante. Para começar, tudo que precisa fazer é soltar o aperto da corrente no meu pescoço.

— Posso fazer mais do que isso. — E a soltei da corrente de modo que ela agora só estava presa pelos quatro grilhões de prata.

Ela sorriu, exibindo seus dentes afiados.

— Obrigada. A única coisa que ainda peço é um guia que me leve às minhas outras posses. Mande-me aquele rato.

— Tire esses pensamentos da cabeça! — falei furiosamente. — Estão na Sala de Pilhagem do Triunvirato. Qualquer tentativa de penetrar aquela fortaleza certamente resultará em sua morte.

— O "Triunvirato"... Soa majestoso. O que é?

— É o corpo governante de Valkarky, composto por três dos mais poderosos Altos Magos da cidade.

— Sem dúvida encontrariam substitutos se algum imprevisto acontecesse a eles. Eu detestaria ver uma cidade tão bela sem um governo adequado — respondeu ela, com a voz carregada de sarcasmo. — Mande-me o pequeno rato! Vai mandar? Aí estarei ao seu lado na arena. Vá agora! Seria sábio estar bem longe dessa masmorra antes que eu escape.

Enfurecido com sua presunção, eu me encolhi e saí da cela.

Uma vez de volta aos meus aposentos, fervi de raiva por sua tolice. Mas na medida em que o julgamento se aproximava, me flagrei cada vez mais desesperado. Então invoquei Hom e ordenei que mandasse uma de suas formas de rato para guiar a feiticeira.

Sem dúvida foi inútil. Eu não enxergava nem como ela conseguiria se livrar dos pinos prateados, quanto mais invadir a Sala de Pilhagem.

Eu me inflei para o meu tamanho preferido de luta, que era uma cabeça mais alta do que Nessa, e fiz minhas preparações. Primeiro escovei meu longo casaco preto — função que eu não confiaria a um servo — e poli os treze botões de osso. O sabre eu coloquei no cinto; minhas duas lâminas favoritas recém-afiadas foram para as capas no meu peito. Escondi uma terceira adaga no bolso do casaco.

Após mais ou menos meia hora, o homúnculo saiu do seu buraco e subiu na cadeira para me encarar. Ele parecia um pouco sem fôlego, e seu rosto estava rubro de animação.

— Trago notícias! — exclamou. — A purra escapou e depois penetrou as defesas da Sala de Pilhagem. Um do Triunvirato está morto!

Olhei com espanto para Hom. Como ela tinha feito isso?

— Onde está a feiticeira agora? — demandei.

— Ela se foi, mestre. A assassina fugiu de Valkarky e está indo na direção sul. Uma grande parte dos Oussa foi enviada atrás dela com ordens de encontrá-la rapidamente e matá-la lentamente.

Enchi-me de raiva. Sem dúvida ela sempre planejara fugir. Tinha me usado. Fui um tolo ao confiar nela. E por que ela não tinha levado a cabeça do deus chifrudo consigo? Ela alegara ser importante. Sem dúvida tinha mentido sobre isso também.

Era hora de ir e acordar Nessa e suas irmãs. Em menos de uma hora teríamos que encarar os dentes e as garras do Haggenbrood.

Ao pisar no corredor entre os dois quartos, de repente pressenti um perigo e alcancei meu sabre.

— Guarde sua lâmina, mago — disse uma voz que eu reconheci. — Guarde para a arena!

A feiticeira assassina saiu das sombras e abriu um sorriso largo para mim, exibindo seus dentes pontudos. Ela estava usando faixas de couro que cruzavam seu corpo, e, nas capas anexadas, carregava suas lâminas.

— Onde está o saco de couro? — perguntou.

— Está seguro — respondi a ela.

— Seguro?! Nada está seguro nesta cidade. Abri seu cofre mais seguro com facilidade e peguei o que era meu. O que eu fiz, outros podem fazer também. Eu tenho inimigos humanos; feiticeiras e magos que servem ao Maligno. É só uma questão de tempo até me seguirem até aqui!

— Duas feiticeiras já estiveram aqui. Estavam com o saco quando as encontrei. Matei a viva e cortei a morta em seis pedaços. Ela está impossibilitada e não representa qualquer ameaça.

— Então você fez bem, mago. Mas haverá outras. Nunca vão parar. Mostre-me o saco.

Eu a levei até o quarto e entreguei o saco de couro. Ela rapidamente o abriu, espiou dentro e farejou três vezes. Não chegou a retirar a cabeça do deus.

— Agora me deixe a sós por alguns instantes. Preciso esconder isso de olhos enxeridos.

Suas palavras me ofenderam. Não tínhamos feito um acordo que significava que éramos aliados? Enterrei a afronta no fundo da mente. O quarto era pouco mobiliado com apenas um sofá, duas cadeiras e uma mesa. Não havia nenhum lugar onde o saco pudesse ser escondido, a não ser que ela utilizasse magia. Fiz o que ela pediu e voltei cinco minutos depois.

— Tente encontrar — falou suavemente.

Tentei rapidamente utilizando um pouco da minha magia, mas não obtive sucesso. Isso não significava que, com bastante tempo, eu não pudesse me empenhar mais e descobrir a localização. Mas estava bem escondido por sua magia poderosa. Fiquei impressionado.

— Não seria encontrado com facilidade — admiti. — Eu não esperava vê-la novamente e achei que tivesse me enganado. Relatos dizem que você escapou da cidade e está sendo perseguida pelos Oussa.

— Temos um acordo. Como você, eu sempre cumpro minha palavra. Prometi ajudá-lo na arena e, sim, lutarei ao seu lado. Foi fácil deixar um rastro falso. E agora aos negócios: quando enfrentaremos o Haggenbrood?

— Em uma hora. Temos que contar para a irmã mais velha que você vai substituí-la.

— Sim, eu gostaria de falar com as três meninas; somos humanas e estranhas nessa cidade. Gostaria de assegurá-las de que vai ficar tudo bem, então tenho que falar a sós com elas.

— Se assim deseja. O costume é manter as purrai em quartos separados, mas como uma concessão especial, por causa do perigo que em breve enfrentaremos, eu permiti que ficassem juntas. Venha. Vou levá-la até elas.

CAPÍTULO 18

UMA PERGUNTA MUITO INTERESSANTE

◆ NESSA ◆

Eu estava dando o meu melhor para consolar Susan e Bryony, mas elas estavam assustadas e chorosas. Por conta disso, levei um bom tempo até conseguir contar a elas parte do que enfrentariam na arena. Eu também queria chorar, mas o que poderia fazer? Então mordi com força o meu lábio inferior para fazê-lo parar de tremer e disse o que tinha que ser dito.

— Uma vez lá, seremos amarradas aos postes — comecei. Era melhor contar aos poucos, para que pudessem se preparar.

— O que você disse? Vamos ser amarradas a postes? — O rosto bonito de Susan se contorceu, alarmado. — E seremos vistas por uma plateia daquelas feras?

Fiz que sim com a cabeça.

— É como as coisas são feitas aqui. Seria uma boa ideia manterem seus olhos fechados para que não precisem ver o que acontece.

Mas não levará muito tempo: Slither vai matar os inimigos rapidamente. Vocês viram como ele luta. E aí tudo acabará e vocês serão soltas. Logo estaremos a caminho da casa dos nossos tios e tudo vai ficar bem. Isso tudo parecerá apenas um pesadelo.

— Não vai ficar tudo bem se você não puder ficar conosco, Nessa — disse Bryony, com a voz trêmula de emoção.

— Podemos apenas torcer para que um dia eu seja libertada e possa voltar para vocês. — Fiz o melhor que pude para parecer confiante. — De algum jeito acharei uma forma de escapar para que possamos ficar juntas novamente. Não tenham medo.

Apesar de todas as minhas palavras corajosas, era provável que todas nós estivéssemos mortas em breve. Mesmo que por algum milagre sobrevivêssemos à arena, não haveria segurança na casa dos nossos tios para mim. A fera iria me vender no mercado de escravos. Isso se ele mesmo não resolvesse me matar antes. Eu vira como ele olhava para nós três. Ele estava tendo cada vez mais dificuldade de não enterrar os dentes na nossa garganta.

Ouvi passos, e todas nós viramos para a porta. Slither entrou, mas não estava sozinho. Para meu espanto ele estava acompanhado por uma humana; havia uma mulher alta e feroz ao lado dele. Faixas de couro contendo lâminas encapadas cruzavam seu peito, e sua saia era dividida e amarrada em suas coxas. Seria ela uma das escravas ferozes que encontramos na torre? O que ela estava fazendo aqui? Por que Slither tinha permitido que ela entrasse em seus aposentos?

Já estava achando ruim o suficiente. Então ela sorriu e eu vi que sua boca cruel era cheia de dentes afiados e pontudos. Dei um passo para trás, espantada e assustada. Tanto Susan quanto Bryony correram para trás de mim.

— Essa é Grimalkin e ela está aqui para nos ajudar — disse Slither. — Ela é uma feiticeira, e é uma de vocês.

Ele nos deixou mudas. Estávamos sozinhas com a mulher, e por alguns instantes ela somente olhou nos meus olhos. Será que a fera estava falando a verdade? Será que essa mulher estranha realmente estava aqui para nos ajudar? Se sim, como?

Ela apontou para o chão.

— Vamos sentar e conversar — disse. — Temos muito a discutir.

Por que ela estava aqui? O que poderíamos ter para conversar com essa estranha assustadora?

Havia cinco cadeiras no quarto, mas ela sentou com as pernas cruzadas no chão, depois olhou para nós e nos chamou.

— Temos pouco tempo. Sentem-se agora!

Havia liderança em sua voz — ela parecia alguém acostumada a fazer as coisas do seu jeito, então nos sentamos no chão em frente a ela. Susan começou a chorar baixinho, mas a mulher a ignorou.

— Conte-me o que aconteceu e como vieram parar nas mãos de Slither — questionou ela, encarando-me. — Conte-me também o que quer para o futuro.

Fiz o que ela pediu, começando pela morte do meu pai e pelo acordo que ele tinha feito com Slither.

— Então você deve ser vendida no mercado de escravos, mas suas duas irmãs ficarão livres? O que você acha disso?

— Melhor do que as três morrerem — respondi. — Mas eu também gostaria de me juntar a elas na casa dos nossos tios. A vida de uma escrava é brutal. Eu vi os cortes que as feras causam nelas.

— Agora me conte sobre a jornada até aqui.

Enquanto minhas irmãs olhavam em silêncio, fiz todo relato sobre a nossa visita à torre e sobre como escapamos. Após uma breve descrição da luta de Slither com a criatura equina, eu contei a ela sobre o nosso pavor ao chegarmos a Valkarky.

— Sem dúvida esse Kobalos chamado Slither é um grande guerreiro — constatou a feiticeira. — Eu lutarei ao lado dele na arena e depois vocês estarão livres para deixarem a cidade.

— Isso será permitido? — perguntei.

— O que eles desconhecem irá machucá-los — disse ela com um sorriso sombrio. — Nessa, eu vou assumir o seu lugar na arena.

Abri a boca, mas antes que pudesse falar vi um brilho no ar, e o corpo e a face da feiticeira ficaram estranhamente borrados. Então, para meu completo espanto, eu estava olhando para mim mesma. Foi como olhar no espelho. Bryony e Susan engasgaram, e seus olhos dançaram entre mim e a Grimalkin transformada.

Segundos depois, vimos outro brilho, e a feiticeira estava lá outra vez, olhando para nós.

— Veem como é possível?

Nós três assentimos. Eu estava chocada demais para falar.

— Ela ficou igual a você, Nessa — exclamou Bryony de repente, encontrando palavras. — Ela poderia ser sua gêmea idêntica.

— Mas é mágica! — protestou Susan. — É errado fazer essas coisas. Nada de bom pode resultar disso.

— Não? — perguntou a bruxa. — Então prefere morrer na arena?

Susan não respondeu. Ela olhou para o chão e começou a chorar outra vez.

— Farei o meu melhor para matar o Haggenbrood e proteger suas duas irmãs — prosseguiu a bruxa, olhando nos meus olhos. — Também farei o meu melhor para garantir que vocês três fiquem juntas e sejam levadas para viver com seus parentes. Não prometo que vá acontecer. Mas vou tentar.

— Obrigada. — Eu forcei um sorriso no rosto. Pela primeira vez em dias eu senti uma ponta de esperança. Por algum motivo, por mais assustadora que ela fosse, eu confiava nessa feiticeira. — Eu vou ficar aqui enquanto você assume o meu lugar?

— Sim — respondeu Grimalkin. — Pelo que entendi, esses são aposentos privados e ninguém pensaria em entrar aqui sem a permissão de um mago de haizda. E por que desconfiariam de alguma coisa? Você ficará segura aqui. Mas agora eu gostaria de fazer uma pergunta. Eles escravizam fêmeas humanas que chamam de purrai. A maioria é de filhas de escravos que nascem aqui em cativeiro. Outras, a grande minoria, são capturadas e escravizadas. Mas não vi qualquer sinal de suas próprias fêmeas. Por que ficam escondidas?

— Nós também não vimos suas mulheres — admiti. — Nas vias públicas só há Kobalos machos e ocasionalmente uma purra sendo arrastada como um animal em uma coleira. Sinto muito, mas não sei responder à sua pergunta.

A feiticeira assentiu.

— É uma pergunta muito interessante, de fato — comentou ela. — Desconfio que, quando descobrirmos a resposta, entenderemos muito melhor essas criaturas.

CAPÍTULO 19
OLHOS FAMINTOS E HOSTIS

Ao verem a feiticeira, as três irmãs ficaram apavoradas e se encolheram como se ela fosse alguma espécie de monstro. Tive dificuldade em entender. As quatro eram humanas, afinal. Mas, quando voltei meia hora depois, elas tinham se acalmado um pouco e estavam conversando.

Nessa, em particular, parecia muito mais feliz, e fiquei imaginando se elas estariam tramando alguma coisa juntas. Talvez a feiticeira não respeitasse um acordo do mesmo jeito que eu? Tanto faz. A prioridade agora era sobreviver ao nosso encontro com o Haggenbrood. Eu trataria de outras dificuldades mais tarde.

Grimalkin tinha explicado a elas o que tinha que ser feito, e Nessa parecia calma e concordou em ser substituída na arena. Parecia que ela tinha confiado a segurança de suas duas irmãs à assassina. Fiquei imaginando o que a feiticeira teria dito a ela para conquistá-la tão completamente.

As três irmãs se abraçaram quando saímos para a arena. Estavam chorando enquanto Grimalkin usava sua magia para se disfarçar de Nessa.

Ao se soltarem, fiquei surpresa ao ver que Susan era a mais calma e menos afetada de todas. Ela limpou as lágrimas, esticou as costas e forçou um sorriso no rosto ao olhar diretamente para Nessa.

— Sinto muito por ser um fardo tão grande para você e por sempre reclamar — disse ela. — Se eu sobreviver a isso, tentarei ser uma irmã melhor.

— Você voltará em breve — prometeu Nessa. — Vocês duas vão viver, prometo, e todas ficaremos seguras novamente.

Fiquei imaginando se a menina estaria certa. Mas eu não podia pensar muito no assunto: era hora de encarar o Haggenbrood.

A arena já estava cheia de espectadores animados que começaram a gritar e vibrar, pedindo nosso sangue no instante em que entramos. A notícia do meu julgamento tinha se espalhado por Valkarky, e, para dizer o mínimo, a multidão estava hostil em relação a mim. Porque somos forasteiros, e nossas vidas e vocações — reunindo poder, administrando nossas haizdas e buscando compreensão do universo — são misteriosas e desconhecidas para a maioria, magos de haizda nunca foram populares na cidade. Para piorar, eu tinha matado um Alto Mago, um daqueles que um dia poderia ser parte do Triunvirato. Valkarky é muito patriarcal; nas cabeças deles eu tinha matado um dos pais da cidade. Durante o julgamento, à medida que a histeria aumentou, se tornaria ainda mais pessoal — como se cada espectador acreditasse que eu tinha matado o seu *próprio* pai.

Claro, muitos vieram simplesmente pelo espetáculo e para saborearem o sangue derramado no chão da arena, como eu fiz quando mais novo. Alguns já estavam visivelmente salivando.

Ao serem posicionadas, as meninas pareciam apavoradas e choravam histericamente. Era difícil acreditar que a verdadeira Nessa tinha ficado para trás nos meus aposentos. Era uma prova do poder da feiticeira humana. Um mago de haizda deve reunir conhecimento onde conseguir — tanto de amigos quanto de inimigos. Se eu sobrevivesse a esse encontro, pretendia aprender com essa feiticeira assassina.

As purrai foram amarradas aos postes pelos Kobalos, que serviam ao juiz do julgamento enquanto eu esperava pacientemente perto do fosso onde o Haggenbrood estava confinado. Olhei para baixo através da grade. Nada se mexia. A criatura estava sedada. No instante em que a grade fosse removida, o primeiro de três trompetes soaria e a criatura despertaria, desejando saber mais sobre o oponente que encarava. Ao soar do segundo ele sairia do buraco. O terceiro acenderia sua extrema fúria e sua sede de sangue, e a batalha começaria. Esse era o protocolo. Era tudo muito previsível — até esse ponto. Depois que a batalha começasse, tudo era incerto.

Durante as primeiras preparações nos meus aposentos, eu tinha entrado em transe para invocar em minha mente todos os julgamentos anteriores dos últimos cinquenta anos. O Haggenbrood saíra vencedor em todos os 312 embates, sem jamais repetir o mesmo padrão de ataque. A maioria das vitórias tinha sido alcançada em menos de um minuto.

Trajando suas vestes pretas de ofício, o juiz do julgamento entrou na arena e estendeu as duas mãos para pedir silêncio. Ele teve que esperar vários minutos antes de a multidão se acalmar o suficiente para que os procedimentos tivessem início.

Com a voz alta ele começou a ler as acusações:

— O mago de haizda, conhecido como Slither, é acusado do assassinato do Alto Mago, conhecido como Nunc, e de ter roubado dele as três purrai que aqui estão.

Um grande rugido de raiva emergiu dos espectadores, e o juiz teve que levantar a mão para ordenar silêncio outra vez.

— Em segundo lugar, ele é acusado pela morte de um assassino Shaiksa, que tentou evitar que ele fosse embora com as purrai roubadas. Em terceiro lugar, ele é acusado da morte de um guerreiro hyb que foi enviado para executá-lo por seus crimes.

Os espectadores manifestaram sua fúria mais uma vez, e o juiz foi forçado a levantar a mão por ainda mais tempo para comandar ordem. Apenas quando o absoluto silêncio foi alcançado, ele continuou:

— O mago de haizda refuta essas acusações, alegando que as três purrai eram, e ainda são, de sua propriedade e que ele matou legalmente para proteger os seus direitos. Além disso, sua mente foi minuciosamente examinada e ele está convencido de que diz a verdade. Ele então teria sido solto, exceto pelo fato de que a Irmandade Shaiksa se opôs alegando ter recebido provas da mente moribunda do assassino morto por esse mago de haizda. Essa comunicação diz que o Lord Nunc pagou a Slither pelas purrai, e que elas eram suas por direito. Lord Nunc está morto e, portanto, indisponível para interrogatório. Consequentemente, como essa contradição é impossível de ser resolvida, pedimos esse julgamento por combate.

Então o juiz apontou para mim.

A plateia tinha ficado absolutamente quieta durante a última parte da leitura da acusação. Agora ele gritou dramaticamente com uma voz cheia de autoridade, alto o suficiente para alcançar cada canto da arena.

— Escolha!

Ele estava pedindo para que eu escolhesse minha posição inicial. Tinha que ser diretamente em frente a um dos três postes. Eu tinha, claro, escolhido muito antes de entrar na arena. Rapidamente me coloquei diante da imagem de Nessa. Em minha posse eu tinha o sabre, que logo saquei, preparando-me para a batalha. Além disso, eu agora tinha três lâminas; a extra no meu bolso era para a feiticeira, apesar de eu saber que, por trás da fachada que ela projetava, ela também carregava as próprias lâminas. Era importante para a manutenção da ilusão mágica que os espectadores me vissem entregando uma lâmina para ela.

O emprego de magia, como a de cobertura ou de mudança de tamanho, era proibido na arena. Torci para que o uso de magia da feiticeira passasse despercebido. Do contrário, eu seria instantaneamente declarado perdedor e a minha vida — e a das irmãs — seriam perdidas.

O juiz assinalou novamente erguendo os braços. Dessa vez, três Kobalos apareceram. Juntos, eles caminharam até a grade pesada e, em um movimento bem ensaiado, a levantaram e carregaram dali, atravessando a arena com ares de importância. Agora a boca escura do buraco estava aberta.

O juiz caminhou para cada lado da arena triangular alternadamente e fez uma reverência ostensiva aos espectadores. Sua quarta reverência foi para mim — para aquele que estava prestes a morrer. E com isso um murmúrio baixo começou, ganhando volume lentamente.

Retribuí a reverência e depois me estiquei de novo, mantendo o contato visual até ele desviar o olhar. Em seguida ele deixou a arena e levantou a mão sobre a cabeça. Em resposta a esse gesto, um barulho alto de trompete foi ouvido. Preencheu o auditório, ecoando de parede a parede.

Com esse som, milhares de espectadores ficaram absolutamente silenciosos outra vez. Primeiramente, tudo que pôde ser ouvido foram as fungadas irritantes da irmã mais nova.

Mas depois o Haggenbrood falou comigo através da escuridão do buraco.

Veio uma crepitação, um clique ritmado e estalos que de algum jeito pareciam cheios de significado; era quase como um discurso, como se uma velha mente Kobalos tivesse aberto e fechado suas mandíbulas artríticas enquanto sua mente espantada vasculhava o cofre vazio de pensamentos à procura de fragmentos de memória. Então os barulhos se afiaram e entraram em foco e se tornaram palavras que todos os presentes conseguiam ouvir e entender.

Ele falou em losta, a língua utilizada por Kobalos e humanos. A voz tinha três componentes distintos que, mesmo enquanto eu ouvia, se fundiam tão completamente em um que não podiam ser separados; as três partes da criatura estavam falando comigo simultaneamente, três bocas se abrindo; uma mente pensante provocando, atentando e testando a fibra da minha firmeza.

— *Você é um mago de haizda* — disse ele. — *Faz tempo que não provo um de vocês.*

— Não fale em comer. Você já fez sua última refeição! — gritei. — Hoje vou cortar sua carne em cubos e usá-la para alimentar as criaturas carniceiras nos esgotos da cidade. Depois derreterei seus ossos em fornalhas para que eles possam ser usados como cola. Nada será desperdiçado! Você se provará um servo útil até o fim!

Em resposta às minhas palavras, a multidão emitiu um rugido de aprovação. Mas eu não me iludi a ponto de pensar que agora estavam do meu lado. Era justamente o contrário — estavam ansiosos pela minha derrota sangrenta. Minhas palavras só tinham lhes dado esperança de que eu ofereceria uma luta de verdade; que o espetáculo não acabaria tão rápido quanto de costume.

— *Você é valente em sua fala, mas logo começará a gritar, mago de haizda. Eu arrancarei seus braços e pernas com mordidas e lamberei os cotocos para conter o fluxo de sangue. Depois lhe darei uma morte lenta e dolorosa para que todos possam se deleitar com seus gritos. Finalmente cortarei a carne suave de suas purrai muito calmamente, saboreando cada pedaço.*

Ao ouvirem essas palavras, as prisioneiras ficaram ainda mais histéricas, puxando suas amarras em vão, mas eu não respondi. Já tínhamos falado o suficiente. Ações falariam mais do que palavras.

Então veio o segundo trompete. No silêncio subsequente eu ouvi o Haggenbrood começar a se mover. Enquanto a criatura se arrastava para fora do buraco, eu registrei um bico afiado e duas mãos com garras mortais. Em segundos, a primeira das partes emergiu e estava me olhando com olhos famintos e hostis.

Eu nunca tinha estado tão perto do Haggenbrood solto antes, e momentaneamente ele me encheu de temor. Era ainda mais formidável do que eu tinha imaginado. Apesar do fato de que cada parte tinha apenas quatro membros e um longo pescoço serpentino, não pareciam mais do que insetos. Brilhando como se estivessem manchados com alguma substância gelatinosa, as laterais e os braços estavam cobertos por placas de ossos, como a armadura usada em batalhas pelos Altos Magos Kobalos. Estava irradiando um novo fedor agora. Senti o cheiro de sua fome e ansiedade pela batalha.

Respirei fundo, esticando minhas costas, e reuni minha coragem. Eu era um mago de haizda, um guerreiro invicto. Eu iria prevalecer.

Em instantes as três partes prontamente ficaram agachadas sobre as quatro patas, em preparação para o bote, mas não poderiam atacar até que o terceiro trompete fosse ouvido.

Eu me preparei para cortar as cordas da feiticeira humana e lhe entregar a lâmina conforme ela havia me pedido. Eu estava alcançando-a, mas, de repente, no último minuto, mudei de ideia e a deixei no bolso. E por um bom motivo.

CAPÍTULO 20
A MORTE FULVA

Dos julgamentos anteriores que eu tinha estudado, em apenas dois o Haggenbrood tinha concentrado seus esforços no oponente, esperando para atacar e devorar as purrai sacrificadas apenas depois que ele estivesse morto.

Em ambos os casos o oponente de algum jeito tinha conseguido causar o primeiro ferimento. Em nenhum dos casos o julgamento tinha sido longo, mas o movimento fora bem-sucedido na mudança de padrão do conflito. Se eu conseguisse fazê-lo se concentrar somente em mim, a intervenção da feiticeira seria uma surpresa ainda mais eficiente.

Quando o som do terceiro trompete ecoou das paredes do auditório, os doze membros do Haggenbrood se estenderam, e cada uma das três figuras levantou-se em duas pernas, rugindo com fúria de batalha. Em seguida ele atacou. Eu fui o alvo, e não as purrai.

Mas uma fração de segundos depois eu comecei a me mover também — diretamente para ele. Na minha mão esquerda eu tinha o sabre do Velho Rowler; na direita, minha adaga favorita.

Cinco passos, cada qual mais veloz do que o anterior, me levaram à beira do buraco e ao alcance dos cortes do meu oponente múltiplo. O elemento surpresa agora era meu. Ele não imaginou que eu pudesse ser tão corajoso. Dentes se fecharam na minha direção. Hálito quente e fedorento vinha no meu rosto. Garras me erraram por um fio.

Então foi minha vez.

Tentei dois golpes, um imediatamente após o outro. O corte com meu sabre só não acertou por causa da reação incrivelmente rápida da parte que eu alvejei; minha adaga favorita não errou.

Sua ponta penetrou um olho. A multidão rugiu. Três gargantas soltaram um delicioso grito simultâneo. Cada parte sentia a dor. Era bom saber.

Agora só restavam cinco olhos ao Haggenbrood.

Depois saltei sobre o buraco, aterrissando seguramente do outro lado. Minha cauda estava em paralelo às minhas costas e preparada. Eu precisava dela para me equilibrar.

As partes do monstro vieram para cima de mim, com as mandíbulas bem abertas e as faces contorcidas de raiva. Mas elas não saltaram sobre o buraco. Ficaram nas beiras — dois à minha esquerda, um à direita. Esperei até o último momento, depois saltei para trás, voltando para o lado oposto. Rapidamente corri para o poste onde a feiticeira em forma de Nessa estava presa e cortei suas cordas.

Ao entregar a ela a lâmina, um grande som de surpresa veio da multidão. Isso nunca tinha sido feito, mas não havia qualquer menção nas regras. Era perfeitamente legal.

Ficamos lado a lado, encarando o buraco. Mais uma vez as três partes do Haggenbrood o circularam lentamente, cinco olhos indicando sua intenção feroz.

Às vezes durante uma batalha agimos instintivamente. O golpe de uma lâmina, o desvio de uma lança, é automático e mais rápido do que o pensamento. A pessoa entra em um estado de transe no qual o corpo se move por vontade própria, muito mais depressa do que qualquer ação possa ser planejada.

Assim era agora. E mais: quando lutei junto com a feiticeira, foi como se compartilhássemos uma consciência. Se ela empregou alguma magia humana para conseguir isso ou se no calor da batalha de algum jeito nos tornamos transcendentes, elevados a uma ferocidade de combate em que nossos dois corpos foram controlados por uma mente unida, eu não sabia. Mas me pareceu que a forma como lutamos foi semelhante a das partes coordenadas do Haggenbrood.

Minha concentração era total e eu não estava mais ouvindo os gritos da multidão em polvorosa. Lutei com Grimalkin em um bolsão de silêncio.

Um toque bastava para provocar kirrhos, a morte fulva, mas enquanto atacamos, levando a batalha ao Haggenbrood, suas garras erravam meu rosto por centímetros. Senti seu hálito coletivo e corrosivo queimar a pele do meu rosto, mas nossas lâminas deslizaram e a criatura gritou. Nós o cortamos, e ele sangrou.

Eu estava ciente dos cortes de Grimalkin e dos golpes como se fossem meus; sem dúvida ela também sentiu meus avanços ao inimigo que nos confrontava. Foi como se eu estivesse flutuando logo acima do meu corpo, observando enquanto lutávamos abaixo. Lembro-me de brevemente imaginar como a luta parecia para os espectadores em suas arquibancadas. Certamente não enxergavam como eu.

Pois como a purra, Nessa, podia lutar com tanta habilidade e ferocidade? De algum jeito a feiticeira devia estar escondendo isso do olhar deles, fazendo parecer que o grosso da batalha fosse todo meu. Na verdade era difícil determinar qual de nós teve a maior contribuição. Como eu disse, atuamos como um só. Meus braços eram os seus braços; suas lâminas eram as minhas lâminas. Foi um prazer dividir o combate com uma guerreira dessas.

Em poucos momentos, duas das partes do Haggenbrood tinham sido cortadas em pedaços, suas partes do corpo espalhadas pelo chão da arena. A vitória era quase nossa, mas então o jogo começou a virar em favor de nosso adversário.

A última das partes do inimigo se afastou de nós e correu na direção de Susan, a mais velha das irmãs amarradas. Isso me pegou completamente de surpresa: a criatura até então não tinha demonstrado qualquer interesse nas presas, que estavam com os olhos fechados de medo. A criatura estava derrotada e não poderia ter conseguido nada com um ato desses, a não ser que pudesse matar as duas purrai, embora não tivesse tempo para isso. Talvez tivessem sido puro despeito.

Eu a interceptei, matando-o bem ali enterrando uma lâmina em seu olho esquerdo. Ele tremeu, sacudiu e caiu em um espasmo de morte. Segundos depois, toda a vida tinha deixado seu corpo! Tínhamos derrotado o Haggenbrood. Eu havia vencido!

Minha vitória inesperada causou um rebuliço que se aproximou de um motim. Mais de cem comissários correram e imediatamente atacaram os tolos espectadores com tacos e clavas. Vi cabeças partirem e sangrarem enquanto os comissários atacavam, claramente se deleitando com a tarefa. Rapidamente havia mais sangue derramado lá do que na própria área de combate. Foi agradável de ver, e eu saboreei cada momento. Porém, cedo demais os espectadores revoltados tinham sido forçados de volta aos seus assentos.

Depois que a ordem foi restaurada, e os corpos, removidos, o juiz do combate subiu na arena e anunciou formalmente a minha vitória. Ele não parecia feliz com o meu triunfo inesperado e nada ortodoxo. Deu para ver que ele estava lutando para esconder seu choque e desânimo. Mas o que ele poderia fazer além de confirmar a minha vitória?

Desta vez ele não leu nada. Sem dúvida ele só tinha preparado uma declaração — aquela anunciando a minha esperada derrota e morte. Ainda assim, falou lenta e ponderadamente, como se estivesse ponderando sobre cada frase antes de pronunciá-la.

— O mago de haizda diante de vocês triunfou no combate e provou seu argumento, não deixando pedra sobre pedra. Tanto a Irmandade Shaiksa quanto o Triunvirato devem reconhecer este fato e aceitar o resultado. Ele está livre para deixar a cidade e pode levar suas purrai consigo. Elas agora são oficialmente suas por direito. Essa é a lei e ninguém está acima dela.

Tudo que me restava agora era recuperar minha propriedade, voltar aos meus aposentos e ir embora o quanto antes. Soltei a purra mais jovem, Bryony, mas quando me aproximei do poste em que Susan estava presa, de repente percebi o que tinha acontecido.

Enquanto eu interceptava a terceira parte do Haggenbrood, sem que eu visse, a ponta de sua garra deve ter penetrado a pele do antebraço de Susan. Isso tinha selado seu destino. Sua pele tinha assumido um tom marrom-amarelado e estava seca como pergaminho. Seu rosto estava distorcido, e ela rosnava fundo na garganta, claramente sentindo muita dor. Enquanto eu a alcançava, Susan deu seu último suspiro, longo e falho. Eu não pude fazer nada para ajudá-la. Não existe antídoto, não há cura para kirrhos.

A irmã mais nova gritou de horror e dor quando em questão de segundos os olhos de Susan rolaram para dentro do crânio e sua pele começou a rachar. Dentro daquela casca de pele, sua carne tinha derretido como manteiga, e seus tecidos começaram a vazar para fora dos cortes da pele, dissolvendo, pingando dos ossos e formando uma poça malcheirosa aos seus pés.

Ela tinha sucumbido à morte fulva.

CAPÍTULO 21
A SLARINDA

❧ NESSA ❧

Eu estava nos aposentos de Slither, com os pensamentos em turbilhão, andando de um lado para o outro sem parar no pequeno cômodo designado a mim. A porta estava trancada, e permaneceria assim até que eles voltassem.

Lembrei-me da arena e de como Slither tinha descrito graficamente o que poderia acontecer. Visualizei o terrível Haggenbrood segurando a grade com a mão cheia de garras. Slither tinha pisado em cima e tratado a criatura com desdém, mas ele nunca fora derrotado. Como o mago se sairia quando as três partes do monstro o atacassem na arena?

E Grimalkin, a feiticeira assassina? Ela era formidável e tinha magia negra ao seu dispor. Além de ser muito confiante e segura de si. Mas se o Haggenbrood se provasse vitorioso, minhas duas irmãs morreriam.

Ouvi passos se aproximando dos aposentos de Slither, e as vozes da fera e da feiticeira. Em seguida uma criança chorando. Parecia a pobre Bryony. Ela devia estar traumatizada pelos eventos da arena, mas apesar disso meu coração se encheu de alegria. Estavam aqui. Tinham triunfado, certamente... Do contrário estariam mortos. Tinham vencido, e logo poderíamos deixar esta cidade amaldiçoada!

Então a chave girou na fechadura e a porta do meu quarto se abriu. Saí para olhar alternadamente para cada um. De repente meu coração disparou.

Onde estava Susan?

— Fiz o melhor que pude, pequena Nessa — disse Slither, e pela primeira vez não conseguiu olhar nos meus olhos —, mas sua pobre irmã sucumbiu à terrível morte fulva. Seu cérebro amoleceu, os olhos caíram para dentro do crânio, e a carne deslizou dos ossos. A dor foi terrível, mas ela está em paz agora. Temos que ser gratos por isso.

— O quê? — gritei. — O que está falando? Onde está Susan?

— Ela está morta, já disse. Uma fatalidade foi um preço baixo a se pagar por uma vitória tão gloriosa; certamente você concorda que é melhor do que todos estarmos mortos.

— Mas você prometeu! — falei, minha garganta e meu peito apertando de um jeito que eu mal conseguia respirar. — Você prometeu para o meu pai que manteria minhas irmãs em segurança!

— Fiz o meu melhor, Nessa, mas as chances contra nós eram muito grandes. Eu não podia ter feito mais do que fiz.

Lágrimas brotaram dos meus olhos e eu caí de joelhos ao lado de Bryony, que chorava. Segurei-a perto de mim. Eu me senti traída. Eu tinha me sacrificado como meu pai mandara, mas por quê?

— Não diga mais nada — falou Grimalkin para Slither. — Suas palavras não ajudam.

Eu tive consciência dos seus passos se distanciando conforme eles recuavam para o canto oposto, deixando-me a sós com Bryony em nosso bolsão de tristeza.

Eu estava em dois lugares ao mesmo tempo — minha imaginação recriava o horror da morte da pobre Susan enquanto eu ouvia a conversa entre Slither e a feiticeira, bem baixinho.

— *As duas* meninas sobreviventes merecem ser levadas para o sul para viverem em paz com seus parentes — ouvi Grimalkin dizer. Ela era uma feiticeira, mas foi o bem que a ganhou.

— Vou cumprir a minha promessa envolvendo a jovem purra — respondeu Slither. — Mas pretendo vender Nessa no mercado de escravos, conforme é meu direito. Afinal de contas, ela pertence a mim. É minha propriedade. Devo cumprir a lei de Bindos ou me tornar um fora da lei. Registros são mantidos, e após meu triunfo na arena minha notoriedade garantirá que eu seja observado de perto. Os Altos Magos vão arranjar qualquer desculpa para me derrubar. Então você pretende dificultar para mim?

Levantei o olhar e vi a feiticeira balançar a cabeça.

— Fizemos um acordo e vou cumpri-lo. Sempre cumpro minha palavra. Mas onde fica o mercado de escravos de que está falando?

— Fica no grande kulad chamado Karpotha, setenta léguas ao sudoeste de Valkarky, no sopé das Montanhas Dendar.

— Ele comporta muitos escravos?

— É o maior de todos os mercados de purrai, mas os números variam de acordo com a temporada. O fim do verão traz os primeiros leilões. Em cerca de uma semana haverá o primeiro mercado de primavera lá. Centenas de purrai serão vendidas e compradas antes de serem trazidas acorrentadas para Valkarky.

Grimalkin ficou em silêncio por quase um minuto e parecia imersa em pensamento. Finalmente voltou a falar.

— Onde suas próprias mulheres vivem? — perguntou. — Nos confins da sua cidade eu não encontrei nenhum rastro delas.

Vi o olhar de desânimo no rosto de Slither, e ele pareceu cambalear como se a pergunta o tivesse chocado em seu âmago.

— Nós, Kobalos, não falamos sobre isso — respondeu ele, claramente enfurecido. — Fazer uma pergunta dessas é uma violação flagrante de etiqueta.

— Mas eu não sou daqui — contestou Grimalkin. — Estrangeira aos seus costumes e crenças. Então peço que responda à minha pergunta para que eu possa aprender.

— Eu também gostaria de uma resposta! — gritei furiosamente do outro lado do quarto. — Você está escondendo alguma coisa... Tenho certeza disso!

Slither olhou rapidamente em minha direção, mas sua resposta foi direcionada a Grimalkin.

— Nossas fêmeas são chamadas de Slarinda; estão extintas há mais de três mil anos.

— Extintas? Como isso é possível? E como vocês conservam sua espécie sem fêmeas?

Slither começou respondendo à segunda pergunta.

— Kobalos nascem de purrai: fêmeas humanas aprisionadas.

A feiticeira fez que sim com a cabeça.

— Por que todas as Slarinda morreram? — insistiu.

— É uma história louca, fruto de um tempo em que todo o nosso povo deve ter ficado temporariamente insano. Todas as nossas mulheres foram executadas em uma grande arena; uma vez que suas portas internas fossem fechadas, poderia ser inundada. E naquele dia de loucura ela foi inundada de sangue.

— O quê? Vocês assassinaram todas as suas mulheres? — gritei, agarrando a chorosa Bryony ainda mais forte. — Que espécie de feras imundas vocês são?

Vi a cauda de Slither levantar contra suas costas, como às vezes acontecia quando ele estava irritado ou encarando perigo. Mas ele nem sequer olhou na minha direção. Foi como se eu não tivesse falado.

— As fêmeas Kobalos foram arrastadas em grupos pelos degraus — falou lentamente. — Suas gargantas foram cortadas e elas foram suspensas das correntes penduradas no telhado alto do estádio até todo o sangue ter drenado de seus corpos, aglomerando-se sobre o gelo do chão da arena. Não congelou, pois ar quente soprava pelos canais nas laterais da arena.

"O trabalho foi executado de forma rápida eficiente. Uma vez que um corpo tivesse sido drenado, era removido de sua corrente e levado pelos degraus; imediatamente, outro tomava o seu lugar. As fêmeas não resistiram; a maioria delas apenas aceitou a morte com a cabeça abaixada, em resignação. Algumas gritaram de medo da faca; muito ocasionalmente, um grito agudo podia ser ouvido pela vastidão do estádio.

"Durante sete dias o trabalho continuou, até gradualmente a arena se encher de sangue, quase da altura do ombro. De tempos em tempos, os magos misturavam pequenas diluições de outros líquidos para que ele não congelasse. Finalmente esse trabalho insano foi completado. Ao final do sétimo dia, a última fêmea tinha sido morta, e nossa raça agora consistia apenas de machos. O caminho tinha sido liberado; a fraqueza, extraída; a mancha, limpa. Foi isso que eles acreditavam que tivessem conquistado."

— Não entendo — disse Grimalkin. — De que fraqueza está falando?

— Pensava-se que as fêmeas nos enfraqueciam. Que tinham suavizado os machos com sua astúcia e diminuído a selvageria necessária a um guerreiro.

— *Você* acredita nisso? — perguntou Grimalkin, olhando nos olhos de Slither.

Ele balançou a cabeça.

— Um guerreiro deve sempre se proteger contra a suavização de sua natureza, mas ela pode vir de muitas fontes. Foi um ato de loucura matarmos nossas fêmeas, apesar de todas as sociedades estarem sujeitas a momentos de insanidade.

Eu estava nauseada, mas fiquei espantada ao ouvir Grimalkin dizer:

— Sim, eu acho que você está certo.

— Claro, tais eventos são difíceis de prever, mas, no caso do meu povo, tenho certeza de que a loucura voltará. E conheço as circunstâncias que a provocarão.

— Você viu isso? Ou é senso comum entre o seu povo? — demandou Grimalkin.

— É uma fé que nosso povo guarda cegamente. Mas nós, magos, examinamos o futuro e acreditamos que seja muito provável que volte a acontecer.

— Quando acontecerá?

— Não sei quando, mas sei por quê — respondeu Slither. — Quando nosso deus, Talkus, nascer, a força dos Kobalos será triplicada, e sairemos de Valkarky em uma guerra santa que limpará a humanidade da face da terra. É nisso que meu povo acredita. Eles receberão a insanidade da guerra total.

— Eu lhe agradeço pela honestidade — disse Grimalkin. — A história do seu povo é terrível: ela explica por que vocês roubam mulheres humanas e praticam escravidão. Eu me oponho a isso com todas as fibras do meu ser; no entanto, manterei minha palavra sobre a sua venda de Nessa. Deixarei sua cidade em segredo, mas o encontrarei novamente em breve. Primeiro o acompanharei em sua jornada para o sul para entregar a irmã mais nova aos tios. Finalmente o acompanharei enquanto viajar para as Montanhas Dendar. Quero ver o kulad de Karpotha, onde mulheres são negociadas.

Ouvindo suas palavras, não pude conter um suspiro dos meus lábios. Por um instante eu tinha achado que Grimalkin pudesse enfrentar Slither e exigir que eu recebesse minha liberdade para seguir com Bryony. Agora eu vi que cumpriria sua promessa a ele — uma fera entre as feras! Esses animais mataram suas próprias fêmeas, e agora eu seria entregue às suas mãos imundas.

CAPÍTULO 22
O KANCADON

Deixamos Valkarky em boas montarias, calçados à maneira de Kobalos para andar com mais facilidade pela neve. Nossos alforjes continham grãos para alimentarmos os cavalos e, além disso, oscher o suficiente para quaisquer emergências. Também tínhamos mantimentos para nós mesmos para a viagem.

Não havia sinal da feiticeira. Ela tinha feito o que disse que faria e deixado Valkarky secretamente, cavalgando à nossa frente.

As duas purrai finalmente pararam de chorar, mas estavam pálidas, com os olhos caídos, evidentemente ainda sofrendo. Balancei a cabeça para a tolice delas. O que estava feito, estava feito. Não adiantava pensar no assunto. As mentes dos humanos eram, de fato, fracas.

No portão, o Alto Mago, Balkai, o mais velho do Triunvirato, se despediu amargamente de mim. Um mau perdedor, ele fazia uma careta quando nos separamos. Eu sabia que ele não morria de amores pelos magos de haizda; ficava desconfortável com o fato de que trabalhávamos sozinhos, longe da cidade e, portanto, longe de seu controle.

— Você parte com a aparência de um vitorioso — disse ele, inclinando-se para perto e sussurrando ao meu ouvido direito, de modo que os presentes não pudessem escutar. — Sua magia shakamure pode tê-lo ajudado a sobreviver um pouco mais, mas seus dias estão contados.

— Eu não usei minha magia na arena — respondi honestamente. — No entanto, antes de chegar aqui, eu a utilizei legalmente para defender minhas purrai. É meu direito. É uma expressão do que eu sou!

— Não podemos nos esquecer do que você fez: vocês, haizda, precisam aprender uma lição. Não é nada pessoal; só um exercício de poder para mantermos nosso governo. Eblis, o maior dos Shaiksa, irá atrás de você; ele estará armado com Kangadon, a Lança do Poder.

— O julgamento me inocentou e me permitiu partir em liberdade, com minhas purrai reconhecidas como minhas. Enviando um assassino atrás de mim, estão agindo contra a lei! — sibilei desafiadoramente.

— Ouça bem, tolo — continuou Balkai, sua boca ainda muito perto do meu ouvido. — Nós do Triunvirato sempre agimos de acordo com nossos melhores interesses. Fazemos, moldamos e quebramos a lei quando necessário. Desejo uma viagem segura até você morrer.

Fiz uma reverência e sorri de forma sarcástica.

— Agradeço suas gentilezas, Lorde. Depois que eu tiver matado Eblis, pendurarei sua cabeça feia no galho mais alto da minha árvore ghanbala. É começo de primavera na minha haizda, e os corvos estão famintos. Eles consideram olhos uma grande iguaria.

Então, sem mais olhar para trás, montei no meu cavalo e cavalguei com Nessa e Bryony para longe de Valkarky. Senti o Alto Mago me olhando fixamente pelas minhas costas. Ele estava furioso, e seu desconforto acalentou meu coração.

Na verdade, eu esperava sair da cidade banhado em boa vontade, capaz de deixar os desagrados da minha visita para trás. Mas algumas pessoas não superam as coisas, e Balkai parecia determinado a exercer uma última tentativa de acabar com a minha vida.

Eblis era o líder dos Shaiksa e o mais formidável dos assassinos. Era conhecido como Aquele Que Não Pode Ser Derrotado. A ordem aumentava seu conhecimento cada vez que alguém da sua irmandade morria em combate, seus pensamentos moribundos comunicando a forma como morreram. Alguns deles também teriam estudado a minha luta na arena; a essa altura eles estariam bem versados no meu estilo de luta e podiam ter detectado alguma fraqueza que eu mesmo não conhecia, que poderiam explorar.

Utilizando magia poderosa, eles tinham criado uma arma perigosa, o Kangadon, também conhecido como a Lança do Poder ou a Lança Que Não Pode Ser Quebrada. Seu outro nome é Regicida, pois foi usada para matar o último Rei de Valkarky: sua imensa força e incríveis defesas mágicas tinham se provado inadequadas contra essa arma. Havia muitos boatos sobre essa lâmina, mas ninguém além dos Shaiksa já a tinha visto, quanto mais a testemunhado em ação.

Não havia nada que eu pudesse fazer além de lidar com a ameaça quando ela se apresentasse, então tirei o problema da cabeça e levei as irmãs na direção sul. Eu tentaria cumprir minha promessa de entregar a purra mais jovem aos tios. Não havia razão para contar para elas sobre o novo perigo. Se eu morresse no trajeto, seriam devolvidas a Valkarky — para serem devoradas ou encararem uma vida de escravidão.

O vento estava soprando do sul com uma promessa de primavera, e no quinto dia entramos em uma floresta de pinheiros altos. Entre elas havia algumas árvores caducifólias, com os troncos já suavizados e com novos brotos verdes.

Enquanto a noite se aproximava, nós acampamos. Logo eu tinha acendido uma fogueira e estava esquentando sopa para as purrai, sentindo aquele aroma subir pelo ar frio. Elas pareciam vencidas e imersas em pensamentos, então deixei Nessa mexendo o líquido, observada pela faminta Bryony, e decidi caçar. Minhas necessidades eram diferentes. Eu precisava de sangue e carne crua.

A neve estava fina no chão, com tufos de grama aparecendo. Contudo, estava funda o suficiente para exibir marcas frescas, e logo minha barriga estava roncando de fome quando me aproximei da minha presa. Já tinha ido para a terra, mas sua toca rasa não oferecia proteção e eu enfiei o braço e o puxei pelo rabo. Era uma anchieta, adulta e mais ou menos do tamanho do meu braço. Seu sangue era quente e doce, e eu bebi tudo antes de catar sua delicada carne das costelas magras. Finalmente mastiguei, mordendo e engolindo os deliciosos ossos de sua perna.

Com a fome mais ou menos saciada, virei para refazer meus passos. Foi então que notei algo talhado no tronco de uma árvore próxima.

Tinha sido marcada no tronco bem recentemente, e eu a examinei de perto, traçando a forma com o dedo. Era um simples par de tesouras. Por que alguém iria talhar isso ali? Será que era uma marcação para que outros pudessem seguir?

E depois me lembrei de que a feiticeira assassina tinha um par de tesouras em uma capa de couro. Será que *ela* tinha talhado esse símbolo? Se sim, por quê?

Grimalkin tinha dito que nos acompanharia para o sul e depois para o kulad escravo, mas esse era o primeiro sinal de que ela poderia estar por perto.

Mais uma vez, fiquei imaginando se eu poderia confiar nela. Por que ela não se revelara? Confuso, caminhei de volta para o nosso acampamento.

No dia seguinte, depois que as purrai tinham comido, eu tirei as ferraduras dos cavalos e continuamos para o sul.

Dois dias depois chegamos a um vale temperado. Protegido contra os ventos do norte, ele tinha seu próprio microclima. As árvores caducifólias agora superavam as coníferas, e seus galhos já estavam cobertos por folhas verdes frescas. A neve tinha derretido aqui, deixando o chão molhado, e em alguns pontos nossos cavalos o transformaram em lama macia.

O sol poente estava claro, brilhando em nossos olhos em meio ao céu azul. Pássaros cantavam acima, insetos vagavam abaixo, e nós seguimos lentamente à procura de algum lugar para acampar.

De repente tudo se tornou sobrenaturalmente calmo. Os pássaros pararam de entoar suas canções de primavera. Até os insetos pararam de fazer barulho. Tudo que podia ser ouvido era a respiração dos cavalos e o ritmo lento dos cascos no chão suave.

Em seguida entendi o motivo.

Logo à frente havia um carvalho solitário. Era nodoso, preto e retorcido, toda a vida dele extinta pelo frio do inverno. Abaixo daquela árvore o Shaiksa esperava. Ele estava montado em um cavalo preto; uma longa lança, que ele agarrava com uma luva preta de couro, estava apoiada em seu ombro. Vestia uma armadura preta da melhor qualidade; placas sobre placas, capazes de bloquear a lâmina mais forte. Ele também usava um capacete com visor abaixado, de modo que só a garganta estava realmente vulnerável. Balkai tinha cumprido sua palavra: ali estava o assassino que ele tinha prometido enviar contra mim.

Não dava para ver seus olhos. Sempre me incomoda quando não consigo olhar nos olhos de um inimigo. Me senti em desvantagem.

O pescoço do assassino era adornado com um colar triplo de caveiras; algumas, embora incrivelmente pequenas, eram humanas. Os Shaiksa usavam mágica para encolher os crânios dos seus inimigos derrotados; portanto eles conseguiam se adornar com muitos sinais de vitória sem restringirem seus movimentos. A quantidade de adornos me dizia que eu estava de fato olhando para Eblis, o mais mortal de toda a Irmandade Shaiksa. A lança que ele trazia era Kangadon, utilizada para matar o último Rei de Valkarky há nove séculos.

Ouvi o som de cascos atrás de mim enquanto as irmãs moveram sabiamente as suas montarias para fora do caminho do ataque esperado.

Tomando iniciativa, saquei duas lâminas e avancei em direção a Eblis, meu cavalo ganhando velocidade conforme pisava no chão de lama. Tão súbito foi o meu ataque que o Shaiksa não teve tempo de ajeitar a lança adequadamente. Eu estava em cima dele antes que ele pudesse me alvejar.

Minhas lâminas brilharam à luz do sol, e veio a batida de metal contra metal. A que estava na minha mão direita encontrou a junção entre duas placas de metal na armadura no peito de Eblis.

Eu a enfiei para cima no buraco e empurrei. Se tinha penetrado a carne ou não, era impossível dizer. Mas a lâmina na minha mão esquerda quebrou na armadura do Shaiksa, e eu descartei o cabo da arma quebrada. Ao virar meu cavalo, pronto para atacar novamente, saquei o sabre.

Mas dessa vez eu não contei com o elemento surpresa. Eblis estava pronto para o meu ataque, e ele conduziu o próprio cavalo para a frente também, a ponta afiada do Kangadon mirada diretamente para o meu coração. Girei na minha sela, certificando-me de que a ponta da lança não me acertasse, mas não tive oportunidade de desferir meu próprio golpe.

Giramos nossos cavalos e avançamos um contra o outro novamente, o assassino mais uma vez abaixando a lança para uma posição horizontal, o cavalo levantando um esguicho de lama atrás dele.

Contudo, me mantive concentrado, e dessa vez criei um escudo mágico idêntico ao que tinha frustrado as garras afiadas do hyb. Era pequeno e claro, brilhando no ar, não muito maior do que uma mão, mas o posicionei com precisão mental e o segurei firme de modo que a lança, apesar de mágica, pudesse ser desviada.

No instante do contato, porém, eu de repente entendi como Eblis tinha derrotado o Rei de Valkarky há tanto tempo atrás. O rei sem dúvida teria utilizado um escudo mágico ainda mais poderoso do que o meu, mas no instante de sua morte ele deve ter reconhecido o poder de Kangadon: nada poderia desviá-la do seu alvo.

E foi o que aconteceu em seguida. A ponta da lança atravessou meu escudo, buscando meu coração. Eu estava a uma fração de segundo da morte. Só me restava uma opção; como eu não conseguiria desviar Kangadon, então tinha que fugir dela.

Girei na sela, evitando a ponta por um fio, e saltei para fora do meu cavalo. Absorvi parte do impacto grudando meus braços e pernas no corpo e rolando para a frente ao cair no chão. Estava macio após o derretimento da neve de inverno e ajudou a amortecer o golpe, mas, mesmo assim, fiquei sem ar nos pulmões. O sabre voou da minha mão e eu caí estatelado no chão enquanto meu oponente rapidamente virava o seu cavalo e investia outra vez.

Consegui sentar, mas estava aturdido, lutando para clarear a mente após minha queda brusca. Eblis tinha quase me alcançado, a ponta de Kangadon ainda mirando meu coração. Achei que meu fim tivesse chegado, quando de repente ouvi as batidas de outros cascos e algo correndo para cima dele vindo da minha esquerda.

Era um cavalo branco montado. Agora eles estavam entre mim e o assassino, enfrentando com força o ataque. O cavalo branco relinchou e empinou, jogando a pessoa montada para o ar como uma boneca de pano. Eu olhei para o rosto dela quando girou diversas vezes antes de cair violentamente no chão.

Era a pequena Nessa. Ela tinha tentado me salvar e agora estava pagando por isso.

Seu cavalo relinchou outra vez e rolou antes de levantar. Olhei para Nessa. Ela estava deitada com o rosto para baixo e não se mexia. Sua morte tinha sido rápida e suave — muito melhor do que a que teria sofrido pelas mãos do Shaiksa depois que eu morresse. Foi a mais sortuda das três irmãs. A morte fulva era rápida, mas extremamente dolorosa, com bolhas quentes estourando dentro do estômago e dos intestinos e sua carne derretendo por dentro.

Percebi que tinha fracassado em minha promessa para o Velho Rowler. Depois que eu morresse, a mais nova também seria assassinada; teria a garganta cortada pelo assassino. Sofreria a mesma morte que originalmente pretendiam para ela na torre. Eu apenas protelei o inevitável. Senti raiva e amargura com a perspectiva da minha derrota. Tinha sido tudo por nada.

Eblis girou o cavalo em um arco lento, sua lança pronta. Minha cabeça agora estava clareando, e olhei em volta à procura do meu sabre. Eu não conseguia desviar a lança, mas pelo menos poderia morrer empunhando uma arma. Minhas pernas, porém, simplesmente se recusaram a funcionar: tudo que consegui foi lutar para ficar de joelhos.

O Shaiksa levantou a máscara e sorriu para mim. Ele queria que eu olhasse nos olhos do meu assassino. Não desperdicei nenhuma palavra e mantive meu rosto impassível. Por dentro eu estava morrendo de raiva ao pensar que Balkai conseguiria o que queria. Eu tinha me provado no julgamento; ao enviar esse assassino, ele tinha demonstrado que não tinha honra. Era inescrupuloso e corrupto.

Embora eu soubesse que ia morrer ali, queria alcançar meu sabre: faria o possível para machucar Eblis, para que ele nunca se esquecesse do nosso embate. Todo mundo tinha que morrer um dia, e cair diante do maior dos assassinos Shaiksa — Aquele Que Não Pode Ser Derrotado — era uma morte digna.

Ele atacou novamente. Eu girei para longe, mas a ponta da lança perfurou meu ombro direito, e Eblis a puxou para cima violentamente, erguendo-me do chão. Por um instante fiquei desamparado e com muita dor, mas meu peso, além do comprimento da lança, fez com que ele não conseguisse me manter suspenso por mais do que alguns segundos. No instante em que ele foi forçado a abaixá-la, eu deslizei da lança, atingi o chão e rolei para o lado.

Quando me ajoelhei de novo, sangue escorria pelo meu braço e pingava na lama. Em instantes eu certamente estaria morto, mas nem assim desistiria. Comecei a engatinhar pela lama em direção ao meu sabre. Parecia muito longe; a qualquer momento, Eblis podia atacar de novo e me acertar com a lança — talvez no coração agora.

Ao seguir o caminho dolorosamente, mantive os olhos nele. Ele estava me encarando, mas não levou o cavalo para frente. Tudo estava muito parado e quieto. Então percebi que ele não estava olhando para mim. Arrisquei uma rápida olhada para trás. Um pouco à esquerda, vi outra pessoa montada em um cavalo tão preto e poderoso quanto o de Eblis. Eu conhecia aquela pessoa. Era uma purra.

Era Grimalkin, a feiticeira assassina.

CAPÍTULO 23

Aquele que nunca pode morrer

Crimalkin estava segurando o colar de ossos que usava no pescoço. Devia ser de ossos das mãos de seus inimigos derrotados, em vez dos crânios encolhidos usados por Eblis. Ela acariciava e tamborilava neles de um jeito ritualístico misterioso. Enquanto eu observava, ela soltou os ossos e sacou uma longa adaga de uma de suas capas. Em seguida se aproximou de mim, seu cavalo pisando delicadamente pela lama macia.

— Levante-se, Slither — comandou. — Use isso para acabar com seus inimigos. Mate-os antes que o matem. Nunca desista! Nunca se renda!

Ela jogou a adaga na minha direção. A arma girou pelo ar, mas eu estiquei o braço com um grito de dor e a peguei pelo cabo.

Havia algo de estranho naquela arma. Assim que ergui minha cauda ele me disse que a lâmina era feita de liga de prata. Meus olhos me disseram algo ainda mais espantoso.

O cabo era feito em forma de cabeça de skelt, e seus olhos eram dois rubis. Era a imagem do nosso deus não nascido, Talkus.

Enquanto observava, os olhos de rubi derramaram lágrimas de sangue que pingaram na lâmina perto dos meus pés, misturando-se ao meu. Era sem dúvida uma lâmina de poder. Dava para sentir a força mágica irradiando dela.

Grimalkin sorriu e afastou o cavalo de mim. Imbuído de nova força e esperança, levantei. Eblis estava olhando cautelosamente para Grimalkin, mas agora, enquanto ela se afastava, sua atenção voltou para mim — seu verdadeiro alvo.

Ele veio na minha direção. Respirei fundo e me mantive firme, concentrado na tarefa em questão. Quando a ponta da lança chegou ao meu alcance, desviei para o lado para evitar ser pisoteado pelo cavalo, ergui a lâmina e combati a ponta da lança.

Para meu espanto, a lâmina não quebrou. Ela desviou a lança e arranhou todo seu comprimento, suscitando um banho de faíscas. Quando ela chegou às luvas do Shaiksa e encontrou suas mãos, ele gritou em choque. Soltou o Kangadon, que girou para fora de sua garra, rodando no ar.

Então, em um momento de whalakai — a percepção que raramente chega a um mago de haizda —, tive consciência de cada nuance da situação com um estalo.

Eu sabia o que tinha que fazer! Cortei lateralmente, meu braço se movendo quase rápido demais para ser visto, e atingi a lança giratória com a minha lâmina.

O Kangadon se partiu em dois.

Assim, a Lança Que Não Pode Ser Quebrada deixou de existir.

Mas não era à toa que Eblis tinha sobrevivido e prevalecido como um assassino por mais de dois mil anos. A lança fora destruída e ele estava ferido, mas ele conseguiu invocar sua força e atacou mais uma vez, sacando duas lâminas mais longas ao tentar me derrubar.

Mais uma vez ataquei com a lâmina de skelt, depois girei rapidamente para evitar ficar preso. Seu cavalo galopou para a frente, com as narinas roncando vapor no ar frio. Eblis, contudo, caiu bateu forte no chão e ficou lá sem se mexer.

Eu me aproximei e olhei para o meu inimigo — e, para minha própria surpresa, não desferi o golpe final. Não foi uma decisão consciente. Alguma coisa em mim escolheu outra forma de acabar com aquilo. Esperei em silêncio, ainda agarrando a lâmina. Após muitos minutos, Eblis rolou para a barriga e lutou para se levantar. Estava desarmado. Tinha perdido as armas durante a queda. Mesmo assim esperei pacientemente enquanto ele as recuperava da lama, que tinha sido mexida pelos cascos galopantes.

Então começamos a lutar com proximidade. Estávamos equilibrados, e a luta continuou por um longo tempo. Logo o sol desceu e a luz começou a minguar. Agora estávamos lutando no escuro, e eu utilizei minha magia shakamure para enxergar meu inimigo. Eu também acionei minhas outras reservas mágicas para aumentar minha força. Sem dúvida Eblis estava utilizando sua própria magia, porque suas lâminas tinham grande precisão, e por um momento eu tive dificuldade só em combatê-las. Lutamos em silêncio — tudo que se ouvia eram grunhidos, a batida de lâminas e nossas botas mexendo a lama.

Mas lentamente comecei a ganhar, e por fim deixei meu inimigo de joelhos e ergui a adaga para o golpe mortal.

Ao fazê-lo, senti uma mão segurando meu braço.

— Você venceu, Slither, mas agora ele é meu — sussurrou a voz de Grimalkin ao meu ouvido. — Devolva-me a lâmina.

O que eu poderia fazer além de obedecer? Afinal, eu tinha tido uma grande vitória e devia isso à feiticeira. Sem sua intervenção, eu teria morrido na lama. Então devolvi a lâmina e fui até onde estava Nessa.

Ajoelhei-me ao lado dela. Ela continuava respirando, mal, mas seus sinais vitais estavam enfraquecendo lentamente. Pouca magia me restava, então coloquei a mão na testa dela e a transferi para o corpo da purra até ela começar a reviver.

Após um tempo eu a ajudei a se sentar, e ela abriu os olhos.

— Você estava morrendo, pequena Nessa, mas eu a revivi com minha força. Não fiz mais do que lhe devo.

Exatamente como ela me salvara quando eu fora mordido pela cobra, agora eu tinha retribuído. Ela me encarou por um tempo e pareceu prestes a dar alguma resposta, mas então ouvi um som vindo de trás que fez os cabelos da minha nuca se arrepiarem.

Assassinos Shaiksa não gritam. Mesmo assim, Eblis, o mais corajoso, mais forte e mais impiedoso de todos, berrou. Seus gritos continuaram por um longo tempo.

Nessa olhou para mim, seus olhos arregalando com o som. Eu achei os sons agradáveis, mas ela, obviamente, não. O assassino estava sendo morto lentamente, seus pensamentos finais estavam sendo transferidos para o resto da irmandade. Enquanto ele morria, o conhecimento deles crescia. Mas o que estavam aprendendo?

Em outro momento de whalakai, entendi o que estava acontecendo. Não só estavam aprendendo — estavam recebendo uma aula. A aula estava sendo dada por Grimalkin: assim como ela talhava o símbolo de suas tesouras em árvores para marcar seu território e espantar seus inimigos, ela agora estava enviando uma mensagem a toda a Irmandade Shaiksa.

Ela estava dizendo a todos quem era; do que era capaz; ensinando-lhes sobre dor e medo.

E depois, em voz alta, ela mandou seu recado verbal à irmandade:

— Fiquem longe de mim — alertou —, ou farei com vocês o que fiz com seu irmão! Aqueles que me perseguirem sofrerão uma morte como essa! Eu sou Grimalkin.

E a Lança Que Não Pode Ser Quebrada quebrou, e Aquele Que Não Pode Ser Derrotado foi morto e partiu deste mundo após mais de dois mil anos como um assassino Shaiksa invicto.

Naquele instante eu soube que a feiticeira assassina era a guerreira mais mortal que eu já havia encontrado. Então agora tinha um grande desafio à frente. Um dia eu tenho que lutar com ela e vencer. Conseguir isso seria o ápice dos meus feitos como um mago de haizda.

Quando mais tarde examinei o corpo de Eblis para ver o que tinha sido feito dele, não vi nada que pudesse tê-lo feito gritar tão sonoramente. É verdade que ela talhou o símbolo das tesouras na testa dele, mas não havia mais nada. Eu tinha que admitir que havia muitas coisas que eu poderia aprender com a feiticeira humana.

CAPÍTULO 24
FILHA DAS TREVAS

Nessa estava ferida e esgotada, mas por causa da minha ajuda tinha sobrevivido à queda; sua maior dor ainda era a perda da irmã, Susan.

Mais tarde, após as duas meninas chorarem até adormecerem, eu e a feiticeira conversamos perto do acampamento.

— A magnífica lâmina que usei para derrotar Eblis... Onde você a obteve? — perguntei.

— Não pertence a mim — respondeu ela. — Estou guardando-a para outra pessoa e tenho que devolver para ele.

— Posso vê-la de novo?

A feiticeira exibiu um sorriso cruel, exibindo seus dentes pontudos, e por um instante achei que ela fosse recusar. Então ela sacou a adaga da capa e a entregou para mim. Eu a segurei cuidadosamente, girando-a nas mãos. Senti seu poder imediatamente.

— Essa é uma lâmina muito especial. Quem fez? — perguntei.

— Foi feita por um dos nossos deuses, pequeno mago. Temos nosso próprio deus dos ferreiros, e ele se chama Hefesto.

— É estranho que ele tenha escolhido uma cabeça de skelt como cabo — observei. — Talkus, nosso Deus Que Ainda Será, assumirá essa imagem no instante em que nascer.

— Eu me lembro do que você disse — disse a feiticeira, franzindo o cenho. — Seu povo iniciará uma guerra santa e tentará nos empurrar para o mar.

— E então governaremos o mundo todo — respondi a ela.

— Certamente serão tempos interessantes! Se vocês tentassem algo assim, meu povo certamente ofereceria grande resistência. E depois eventualmente derrubaríamos os muros de Valkarky e livraríamos o mundo dos Kobalos. Então vamos torcer para que demore muito até que ele venha ao mundo!

Entreguei a lâmina a ela sem nenhum comentário, mas depois diversos pensamentos me ocorreram quase simultaneamente.

— A pedra-estrela... ela é valiosa para humanos? — perguntei. — Foi por isso que você entrou no território e se aproximou de Valkarky? Parece uma estranha coincidência que você estivesse perto quando caiu.

— Não foi coincidência. Eu sabia quando e onde ia cair — retorquiu a feiticeira.

— Você usou magia para descobrir isso?

— Nós, feiticeiras, às vezes pesquisamos o futuro; também somos capazes de farejar de longe o perigo que se aproxima. Mas admito que na verdade foi um estranho sonho que revelou a chegada da pedra para mim; um sonho que pareceu tão real que eu achei que tinha acordado. Havia uma luz tão forte que temi que meus olhos fossem cegados. Depois uma voz me disse quando e onde ia cair; e aí, depois que estivesse em minhas mãos, o que eu deveria fazer com ela.

— A voz que saiu da luz também a alertou sobre o perigo do meu povo?

— Eu já sabia que aquele pedaço de minério se enterraria perto da sua cidade — respondeu. — Caiu exatamente no local previsto, mas aí, enquanto eu esperava que esfriasse para que eu pudesse levá-la para o sul, farejei a aproximação dos seus guerreiros. Lutei, mas eram muitos.

— Agora que está com a pedra novamente, o que vai fazer com ela?

— Essa é uma lâmina das trevas e não é verdadeiramente adequada para quem a deverá empunhar! — exclamou, segurando o cabo em forma de skelt para mim. — Então forjarei uma nova lâmina, uma ainda maior e mais potente!

— A quem ela é destinada? A algum rei?

— Nesse momento, ele ainda é o aprendiz de um caça-feitiço; habilidoso em lidar com as trevas e seus servos. Ele é o único que tem a capacidade de destruir o Maligno para sempre. Essa lâmina escura é uma das três que ele deve usar para conquistar esse fim. Mas, se ele sobreviver, poderá ter outras tarefas esperando por ele.

— Que outras tarefas?

— Eu vislumbrei o futuro e sei que mais desafios o aguardam; mas tudo é incerto. Previsão é uma arte imperfeita. Ele pode até morrer em sua tentativa de matar o Maligno. Olhei em um espelho, buscando enxergar o futuro dele, mas ficou nebuloso de dúvida. De qualquer forma, vou forjar a lâmina para ele.

— Você espera fazer uma lâmina melhor do que a que foi criada pelo seu deus dos ferreiros? — falei, balançando a cabeça para sua presunção. — Meu povo chama uma ambição tão grande assim de húbris. O orgulho é o maior de todos os pecados; ele pode invocar a ira combinada de todos os deuses.

— Mesmo assim estou determinada a tentar — respondeu ela.
— Foi o que a voz comandou: devo fazer uma lâmina de luz. Será chamada de Lâmina Estrela.

— Você pertence ao que você chama de "Trevas", e mesmo assim criaria a sua antítese. É deveras estranho uma filha das trevas criar uma lâmina de luz! — comentei.

— Vivemos em tempos estranhos — respondeu Grimalkin. — Também é estranho que eu, uma feiticeira, tenha formado uma aliança com os inimigos do meu clã. Mas isso é o que forçou a nossa situação. — Ela levantou o saco de couro que continha a cabeça do seu deus das trevas. — O Maligno tem que ser destruído. Nada além disso importa.

CAPÍTULO 25
DESPEDIDA DA MINHA IRMÃ

&ə NESSA ৯

Continuamos no sentido sul, para a vila de Stoneleigh na beira de Pwodente. Compartilhei um cavalo com Bryony. Partiu meu coração pensar que, apesar de agora estarmos tão perto e eu poder abraçá-la, seria a última vez que eu faria isso.

Inclinei-me para a frente e coloquei a boca perto do ouvido dela.

— Tente manter a esperança viva no seu coração, Bryony — sussurrei. — Um dia encontrarei uma forma de voltar para você, juro!

— Tenho certeza de que você vai dar um jeito, Nessa! — exclamou ela com um sorriso. — Você é tão inteligente, tenho certeza de que esse dia não vai demorar.

Apesar do otimismo juvenil da minha irmã, eu sabia que era extremamente improvável que voltássemos a nos encontrar. Mas pelo menos Bryony tinha o prospecto de uma vida longa e feliz. Eu ainda mal conseguia acreditar que Susan tinha sido levada de nós. A feiticeira tinha lutado ao lado da fera, e de algum jeito eles tinham vencido — mas a que terrível custo! A pobre Susan deve ter ficado tão assustada —, e ainda morrer daquele jeito! A dor no meu coração era insuportável.

Se ao menos pudesse ter sido a minha vida a ser tirada, eu a teria dado voluntariamente para que ela pudesse viver.

— E se minha tia e meu tio forem malvados comigo? — perguntou Bryony de repente.

— Eles são nossa família. Serão bondosos com você, tenho certeza — falei suavemente.

Na verdade, eu não tinha certeza de nada. Os tempos eram difíceis, e se nossos tios estivessem vivendo com dificuldade ali na beira do território dos Kobalos, a última coisa de que precisavam era mais uma boca faminta para alimentar.

Naquela noite em volta da fogueira, discutimos a melhor forma de entregar Bryony para nossos parentes.

— Se mostrarmos nossas caras, isso causará grande alarme — disse Grimalkin à fera —, pois você é Kobalos, e eu claramente sou uma feiticeira. Como resultado, seremos perseguidos e consequentemente forçados a matar quem nos persegue. Os parentes da menina podem estar no meio.

Esse era de fato o provável resultado de serem vistos, e eu assenti em concordância.

— Sugiro que nos disfarcemos — continuou Grimalkin.

— Pode ser que não seja necessário. Vamos ver qual é o cenário. Pode ser que possamos enviar a purra mais jovem sozinha enquanto observamos de longe — propôs Slither.

— Sim, mas temos que ter certeza de que ela será bem-recebida e aceita na família — insisti. — Afinal, não os conhecemos. Eles podem não querer carregar esse fardo. Pode até ser que já estejam mortos, e não há garantias de que uma pequena comunidade lutando para sobreviver receberia bem mais uma boca para alimentar, ainda que seja de uma criança. Eu preciso de alguma garantia de que a minha irmã esteja segura.

Na manhã seguinte completamos a fase final da jornada para o lugar onde nossos tios moravam.

Mantendo-nos à esquerda da margem, seguimos o rio na descida e nos aproximamos da última ponte antes do Mar Ocidental, que agora víamos de longe. Havia um pequeno bosque entre nós e a ponte. Não poderia ter sido melhor para o que planejávamos.

— Isso é perfeito — disse Grimalkin. — Podemos esperar escondidos nas árvores à beira do bosque e vermos Bryony atravessar a ponte.

— Mas se nossos tios a acolherem, você deve voltar para a ponte e acenar para nos mostrar que está tudo bem — acrescentei. — Prometa.

— Eu prometo — disse Bryony, sua voz engasgada de emoção. — Vão me perguntar sobre você e Susan. — Seus olhos se encheram de lágrimas. — O que devo dizer?

Pensei bastante. Até onde eu sabia, nosso pai nunca tinha trocado cartas com seus parentes em Pwodente. Podia ser que nem soubessem sobre suas filhas e que sua mulher estava morta. Mas era melhor chegar com a verdade até onde possível.

— Você precisa ser corajosa, Bryony — respondi. — Conte a eles como nosso pai morreu, mas diga que suas irmãs ficaram para trás para tentarem cuidar da fazenda com a intenção de vendê-la eventualmente. Diga que as coisas estavam difíceis e que elas não se sentiam capazes de cuidar de você adequadamente e torciam para que um dia pudessem se juntar a você novamente, ou talvez mandar que alguém a buscasse de volta. Diga que veio acompanhada de viajantes que desviaram muitos quilômetros do seu caminho para lhe trazerem em segurança até aqui e que eles não têm condições de ficar mais, mas que só querem saber que está tudo bem. Você pode dizer isso?

— Vou fazer o melhor possível, Nessa. Vou tentar. — Ela estava sendo o mais corajosa possível.

Então saltamos e esperamos nas árvores. Bryony e eu tomamos um pouco de distância de Grimalkin e Slither e trocamos uma despedida triste — tão longa que a fera começou a andar de um lado para o outro de forma agitada, a cauda para cima. Eu sabia que estávamos testando os limites da sua paciência.

Finalmente, após um último abraço, Bryony engoliu em seco e partiu em direção ao rio. Eu a observei ir, tentando conter as lágrimas. Sabia o quanto custava para ela me deixar para trás e estava orgulhosa de sua coragem. Sua figura foi diminuindo cada vez mais enquanto ela se aproximava da ponte e atravessava para desaparecer entre um grupo de casas que julgamos ser Stoneleigh.

Esperamos em silêncio, Slither demonstrando cada vez mais impaciência, e após cerca de uma hora três pessoas atravessaram a ponte e nos olharam através do pasto. Vi um homem e uma mulher, e entre eles estava a minha irmã, Bryony. Ela levantou a mão e acenou três vezes.

Esse era o sinal que havíamos combinado de que ela estava bem e tinha encontrado refúgio com os nossos tios. Com aquele aceno final eu fiquei satisfeita: estávamos livres para irmos para o noroeste, em direção ao temido mercado de escravos. A nova vida de Bryony estava apenas começando; a minha estava praticamente acabada. Eu não esperava viver muito como escrava dos Kobalos.

CAPÍTULO 26
O KULAD ESCRAVO

Enquanto cavalgávamos, eu estava animado, sabendo que depois que Nessa fosse vendida eu ficaria livre para voltar para minha haizda. Eu estava ansioso para voltar para casa. Mas Nessa antagonizava minha alegria e otimismo com um constante fluxo de lágrimas que por algum motivo eu achava perturbador. A ameaça de skaiium permanecia ali. Apesar de tentar ao máximo, estava difícil me livrar da lembrança de algumas de suas ações.

Ela tinha me dado seu sangue para que eu revivesse depois que fui mordido pela skulka; muito depois tinha se colocado entre mim e Eblis, me dando, portanto, uma chance de vida. Essas ações poderiam, suponho, ser contabilizadas da mesma forma que seu pedido por uma faca para me ajudar a combater o Haggenbrood: ela estava simplesmente tentando garantir a sobrevivência das irmãs.

Mas eu não conseguia me esquecer de como ela tinha colocado a testa contra a minha — uma atitude bastante ousada para uma purra. Novamente, foi estimulada por um desejo de me persuadir a salvar Bryony, e isso fez com que eu matasse Nunc e depois o assassino Shaiksa. Ainda assim eu não conseguia me esquecer do toque da sua pele na minha.

Uma pequena parte de mim queria soltá-la para que ela fosse viver com a irmã, mas eu não podia permitir isso. Eu era um mago de haizda; eu tinha que ser forte e combater qualquer indício de fraqueza em mim. De toda forma, é importante que eu vendesse uma escrava e atendesse aos requerimentos de Bindos; do contrário, eu me tornaria um fora da lei mais uma vez.

Fomos na direção norte, atravessamos a Fissura Fittzanda sem incidentes, passando apenas por alguns leves tremores, e logo estávamos viajando pela neve novamente. Ela estava fina no solo agora, com uma camada dura de gelo; o céu tinha clareado. Mesmo na terra dos Kobalos havia um curto verão, e agora ele estava a caminho.

Começamos a subir pelos contornos das Montanhas Dendar, e logo antes do crepúsculo no segundo dia vimos Karpotha, o maior de todos os kulads de escravos, ao longe. Era uma torre escura e larga se erguendo para o céu; um grande jardim a cercava. Era ali que ficavam os currais para as purrai.

Eu queria concluir o assunto da venda de Nessa. Tudo que eu queria fazer agora era voltar para minha haizda e recarregar minha magia. Estava seriamente gasta — eu não gostava de admitir, mas foi por isso que recusei a ideia de me disfarçar para me esconder da família da criança. Eu mal tinha força mágica para isso, e ainda podia precisar das minhas últimas reservas.

Montamos acampamento sobre um afloramento de pedras, e eu disse à feiticeira que, logo após o amanhecer, levaria Nessa para o kulad para vendê-la.

Grimalkin não respondeu e ficou um silêncio por um longo tempo. Ao redor da fogueira do acampamento, a atmosfera estava mais fria do que a brisa nortenha, e nós três comemos em silêncio. Finalmente, sem dizer uma só palavra, Nessa se enrolou no cobertor e se afastou de nós para o abrigo sob o penhasco. Depois que a purra se retirou, eu e a feiticeira começamos a conversar.

— Onde você conseguiu esse casaco? — perguntou. — Nunca vi nada parecido.

— É um sinal de ofício — respondi. — Quando um mago de haizda completa o seu noviciado, ele recebe esse casaco. São treze botões simbolizando as treze verdades.

— As treze verdades? Quais são?

— Se você soubesse, você também seria uma feiticeira de haizda. Talvez um dia eu possa ensiná-la. Mas levaria trinta anos da sua vida ou mais. Tal conhecimento não é verdadeiramente adequado para humanos de vida curta.

Ela deu um sorriso sombrio.

— Não tenho trinta anos sobrando agora, mas um dia posso visitá-lo outra vez. Talvez então você *possa* me ensinar um pouco sobre sua magia. Minhas irmãs feiticeiras de Pendle são conservadoras e preservam os hábitos antigos, mas eu gosto de aprender sobre outras culturas de disciplinas e aumentar meu conhecimento de novos métodos. Mas agora falarei a você sobre um assunto que me preocupa muito. Peço mais uma vez que você não venda a menina no mercado de escravos. Ela tem sido corajosa, e através de algumas de suas ações garantiu a sua sobrevivência. Não fosse o perigo para as duas meninas, eu não teria lhe emprestado a adaga que você utilizou para derrotar o assassino.

— O que você diz é verdade — admiti —, mas devo recusar o seu pedido. Eu já não expliquei a minha situação? Você esquece assim tão rápido? Não é que eu precise do dinheiro, mas, de acordo com uma lei dos Kobalos chamada Bindos, a cada quarenta anos todo cidadão deve vender pelo menos uma purra no mercado de escravos. Essa venda é cuidadosamente registrada. Do contrário, abdicamos da nossa cidadania e somos expulsos de Valkarky para nunca mais sermos bem recebidos outra vez. Consequentemente, nos tornamos fora da lei e podemos ser mortos imediatamente.

— Então por lei você é forçado a participar do comércio de escravos que há no coração da sua sociedade. É uma legislação inteligente, feita para amarrá-los aos seus valores comuns.

— Isso é verdade — respondi. — Sem o comércio não poderíamos nos reproduzir e sobreviver. Poderíamos até ser extintos.

— Não há dissidentes?

Fiz que sim com a cabeça.

— Existe um grupo na cidade que se autointitula Skapien. Alguns dizem que eles não têm organização central, mas trabalham em pequenas células independentes isoladas. O que eles tentam ou conquistam ninguém sabe. Ocasionalmente algum deles se declara publicamente; após um breve julgamento é executado como traidor cujo objetivo é destruir o Estado.

— Você acredita que conheça pessoalmente alguém que tenha sido executado assim?

— Não — respondi. — Só visito a cidade raramente, e exceto pelos serventes de haizda como Hom, que me traz notícias, eu não tenho amigos ou conhecidos.

— E quanto a outros magos de haizda, você se comunica com eles?

— Só se nos encontrarmos por acaso.

— Então a sua vida é de fato solitária.

— É o que eu escolhi — respondi. — Não desejo outra coisa. Agora tenho que fazer uma pergunta a *você*... Você prometeu não me atrapalhar. Vai cumprir sua palavra?

— Sim, cumprirei minha palavra — respondeu a bruxa. — Você pode entrar no kulad amanhã e vender uma escrava, o que significa que terá cumprido suas obrigações como cidadão. Mas depois disso nosso acordo se encerra. Entendeu?

— Você quer dizer que a partir de então seremos inimigos?

— Talvez sejamos algo entre aliados e inimigos. Mas seguiremos nossos caminhos separadamente.

Pouco depois encerramos a noite, mas mais tarde acordei com o murmúrio de vozes. Nessa e a feiticeira estavam sussurrando juntas. Tentei aguçar minha audição e escutar sua conversa, mas elas imediatamente fizeram silêncio. Pareceu-me que estivessem tramando alguma coisa — apesar de isso não ter me preocupado. Independente do que ela fosse, eu acreditava que a feiticeira humana tinha honra — era alguém que manteria sua palavra. Amanhã, sem empecilhos, eu venderia Nessa, e assim cumpriria minhas obrigações como cidadão pelas próximas quatro décadas.

Dormi bem. Em determinado ponto, no entanto, comecei a sonhar, e foi um dos sonhos mais estranhos que já tive. Nele eu salvava Nessa de alguma ameaça mortal. Pareceu muito real. Depois me lembrei de tudo, exceto do fim; foi um sonho agradável — e o que quer que tenha ocorrido no fim foi extremamente prazeroso.

Acordei ao amanhecer para descobrir que a feiticeira já tinha deixado nosso acampamento. Sem dúvida ela não desejava ver alguém de sua raça sendo vendida para a escravidão. Mas pelo menos ela tinha cumprido sua palavra de não me atrapalhar. Então, sem perder tempo com café da manhã, Nessa e eu montamos nossos cavalos em silêncio, e eu a levei para o kulad.

Ela parecia triste. Por isso, enquanto cavalgávamos, eu ofereci a ela algumas palavras gentis de conselho, que eu torcia que fossem úteis em sua nova vida como escrava.

— Após deixar minha posse, pequena Nessa, seja subserviente e atenciosa o tempo todo. Nunca olhe nos olhos dos seus novos mestres. Isso é muito importante. E quando eles começarem o leilão, fique ereta na plataforma, de cabeça erguida, mas com o olhar sempre nos tacos aos seus pés. Agradeça a eles por cada batida de chicote na pele e cada corte de lâmina em sua carne. Isso é esperado. Assim, você terá um preço mais alto e agradará a todos que a olharem; será o meio de viver o máximo de tempo esperado para uma purra.

— Quanto tempo escravas *realmente* vivem? — perguntou Nessa.

— Depois que chegam à idade adulta, algumas purrai vivem até dez ou doze anos, mas, quando sua carne deixa de ser jovem e o gosto do seu sangue se torna menos doce, são mortas. Seus corpos envelhecidos são consumidos pelos whoskor, os construtores de Valkarky.

— Então não tenho grandes expectativas — constatou tristemente. — Não pode ser certo tratar pessoas desse jeito.

Não respondi, pois agora estava vendo a pedra escura do muro externo do kulad que se erguia diante de nós; era hora de cuidar dos negócios. Do nordeste, os cascos de cavalos e os pés das escravas amarradas tinham mexido a rota até a fortaleza, transformando-a em um rio sujo de lama e lodo. Eu me apresentei no portão, declarei o meu propósito e tive a entrada concedida. Uma vez que isso foi feito, eu não me demorei e forcei a menina a avançar. A verdade era que eu ainda estava desconfortável com a ideia de me desfazer de Nessa assim e queria terminar o quanto antes.

Apesar de estar cedo, havia um burburinho de atividade no jardim aberto do kulad. Purrai já estavam sendo trazidas acorrentadas para as três plataformas de ofertas onde grandes grupos de mercadores Kobalos se reuniam. Pelo menos doze guardas armados dos Oussa estavam presentes. Pareciam ríspidos e claramente consideravam a tarefa de supervisionar os procedimentos daqui indigna de sua honra. Sem dúvida achavam que estariam mais bem empregados caçando a feiticeira — dizia-se que ela tinha fugido para o sul. Eles ainda estariam abalados pela vergonha de terem visto quatro dos seus mortos por ela na captura.

Notei alguns olhares de reconhecimento para mim que beiravam o respeito. Sem dúvida tinham testemunhado minha vitória contra o Haggenbrood.

Saltei do cavalo, puxei Nessa sem cerimônia do dela e a arrastei para a plataforma mais próxima. Gostaria de ter sido mais gentil, mas em uma reunião tão pública eu não tinha escolha que não seguir as normas da sociedade. Levei menos de um minuto para completar a transação com o mercador.

— Ofereço cem valcrons pela purra — disse ele, esfregando as mãos.

Um valcron é o salario diário de um soldado de infantaria Kobalos, e eu sabia que ele ganharia no mínimo o dobro disso quando a colocasse em leilão. Contudo, eu não estava com humor para negociar e simplesmente queria concluir a transação o mais rápido possível. O dinheiro não me interessava; eu tinha apenas que cumprir minhas obrigações legais. Então assenti, aceitando a oferta, e ele contou as pequenas moedas em uma bolsa.

— O que oferece por esse cavalo? — perguntei, indicando a égua montada por Nessa.

— Duzentos e vinte valcrons — respondeu ele com um sorriso, e começou a esfregar as mãos novamente daquele jeito irritante que os mercadores consideram apropriado quando conduzem negociações.

Ele acrescentou as moedas à bolsa, entregou-a para mim e concluiu a transação.

Portanto recebi mais pelo animal do que por Nessa. Isso porque ela era magra demais. Purrai assim nunca atraem altos preços.

Contudo, o importante era que a transação tinha sido registrada em meu nome e agora faria parte dos registros Bindos. Eu tinha cumprido minhas obrigações como cidadão.

Os servos do mercador arrastaram Nessa para encará-lo, e fiquei feliz ao ver que ela seguiu meu conselho, mantendo os olhos respeitosamente baixos em vez de olhar nos dele. Eu sempre ficava desconcertado quando ela me olhava nos olhos tão naturalmente. Uma purra treinada nunca deve fazer isso. Ela deve aceitar seu novo posto ou sofrer muito.

O mercador sacou a faca do seu cinto e rapidamente fez dois cortes no antebraço de Nessa. Ela nem se mexeu. Em seguida, ouvi-a falar claramente:

— Obrigada, Mestre.

Algo dentro de mim se rebelou contra isso. Durante todo o tempo em que Nessa foi minha, eu jamais a feri.

Mas não havia nada que eu pudesse fazer. Cavalguei para longe, resistindo ao impulso de olhar para trás enquanto me aproximava do portão. Eu sabia que tinha que lutar contra o skaiium com todas as minhas forças. Foi difícil, mas eu era forte e não cedi.

CAPÍTULO 27
UM GRITO NA NOITE

Assim que atravessei o portão, olhei para o céu e franzi o rosto. Nuvens corriam do norte. Tais tempestades eram raras no começo da primavera, mas elas podiam atingir com terrível fúria.

Eu poderia ter voltado para o kulad e esperado passar, mas algo em mim relutava em testemunhar a nova situação de Nessa. Contudo, em breve seria impossível seguir viagem, então conduzi meu cavalo de volta ao abrigo do penhasco onde tínhamos passado a noite anterior.

A essa altura o vento estava aumentando, e assim que voltei ao abrigo os primeiros grandes flocos de neve começaram a cair de um céu cor de chumbo. Em minutos uma nevasca vinha do norte.

Como normalmente acontece com tempestades de princípio de primavera, essa foi, embora feroz, relativamente curta. Após cerca de seis horas ela começou a diminuir, e antes do anoitecer o céu estava claro. A proximidade da escuridão me fez atrasar minha jornada até o amanhecer: apesar de eu estar acostumado a viajar durante a noite, haveria ventos fortes lá embaixo, tornando o caminho traiçoeiro.

Então, após alimentar meu cavalo, repousei. Sem nenhuma crise se aproximando e a perspectiva agradável de voltar para minha haizda, minha mente estava muito calma, clara e afiada, e eu comecei a revisar os eventos da última semana e a reavaliar meu papel no que tinha acontecido.

Parecia-me que eu havia me comportado com honra e coragem, cumprindo totalmente minha obrigação para com o Velho Rowler. A morte de Susan não foi minha culpa. Fiz o meu melhor para salvá-la. Sozinho triunfei diante de um Alto Mago, um assassino Shaiksa e um perigoso guerreiro hyb. Era verdade que depois eu tinha trabalhado em parceria com uma feiticeira humana, mas fora necessário devido à minha situação extremamente desfavorável. Junto com Grimalkin, derrotei o Haggenbrood, um feito enorme. Depois, usando a lâmina skelt emprestada, deixei o poderoso Eblis de joelhos. Como, então, pude temer um ataque de skaiium? Agora, com a mente tranquila, vi que tal pensamento era absurdo. Como um mago guerreiro, eu tinha atingido quase a perfeição.

Portanto, protegido contra o skaiium, eu podia ser generoso. Considerei a pequena Nessa outra vez e reconheci que ela tinha me ajudado em cada passo. Era verdade que ela o tinha feito para garantir a sobrevivência de suas irmãs, mas sua ajuda tinha sido precisa e decisiva. De repente eu percebi como poderia recompensá-la.

Não era possível comprá-la de volta diretamente do mercador com o qual eu tinha negociado. Esse tipo de coisa era proibido. Mesmo que, por um suborno, ele concordasse com o negócio, minha venda original teria sido considerada nula e eu não teria mais cumprido meu dever. Mas havia outra maneira.

Depois que Nessa fosse revendida, eu poderia comprá-la de seu novo dono sem repercussões. Sem dúvida me custaria no mínimo o dobro do que eu tinha recebido por ela, mas o dinheiro não era importante para mim. Eu sempre podia conseguir o que quisesse da minha haizda. Eu nem me encrencaria muito por isso. Devido à tempestade, seu novo dono ainda não teria deixado Karpotha.

Resolvi ir para o kulad assim que amanhecesse para recomprar Nessa. Então eu a levaria para o sul para se juntar à irmã. Claro, eu tomaria um pouco do seu sangue no caminho. Não o suficiente para causar qualquer dano. Ela não poderia se opor a isso, poderia?

Acordei cerca de uma hora antes do amanhecer com uma vaga impressão de que eu tinha acabado de ouvir um animal gritar na noite. Agucei meus sentidos e escutei.

Em poucos instantes ouvi novamente — houve de fato um grito alto e fino. Mas não foi um animal. Veio de uma garganta humana ou Kobalos. Levantei minha cauda, mas infelizmente o vento do norte continuava forte e carregando qualquer cheiro para longe de mim.

Logo vieram outros berros e gritos, mas eu bocejei e não prestei atenção. Sem dúvida muitas purrai estavam sendo punidas, provavelmente as que não tinham conseguido atrair um comprador. Mereciam aquilo, por não terem se comportado corretamente. Em retaliação, seus donos estariam chicoteando ou cortando sua pele com facas afiadas em lugares que ficariam escondidos por suas roupas.

Ao amanhecer, montei meu cavalo e parti diretamente para Karpotha. Eu precisava chegar ao kulad antes que o novo dono de Nessa fosse embora.

Assim que cheguei ao topo da colina e olhei para baixo em direção ao kulad, soube que alguma coisa estava errada. Os portões estavam escancarados.

Conduzi meu cavalo para a frente sobre a neve fresca. Foi então que vi os rastros de muitos pés seguindo na direção sul, a neve mexida e não mais branca como anteriormente. Parecia que muitas escravas tinham viajado naquela direção. Mas por quê? Não fazia o menor sentido. Deviam estar seguindo para o leste ou oeste para os outros mercados de escravos, ou para o nordeste em direção a Valkarky — qualquer lugar que não o sul.

Então notei o primeiro dos corpos. Era **um** Oussa que tinha acompanhado escravas para Karpotha. O guerreiro estava deitado de cara para o chão. Abaixo de sua cabeça e do tronco a neve tinha se tornado lama e estava manchada com uma cor vermelha brilhante do sangue dele: sua garganta tinha sido cortada.

Havia mais dois guardas Oussa mortos perto dos portões, e depois vi pegadas sangrentas se afastando da cidade — essencialmente na direção norte. Cavalos também tinham seguido para lá.

O que tinha acontecido? Por que tinham fugido?

Dentro do kulad havia corpos por todos os lados — mercadores Kobalos e guardas Oussa. As plataformas de madeira estavam escorregadias com sangue. Nada vivo. Nada se mexendo.

Mas não havia sinal das escravas — onde poderiam estar?

Então, pela primeira vez, notei a forma esculpida no poste do portão:

Este era o sinal da tesoura que a feiticeira assassina carregava em uma bolsa de couro. Como poderia estar marcado naquele poste? Ela tinha voltado?

Não! Ela não tinha voltado. Ela estivera ali o tempo todo.

Em um lapso de compreensão, percebi o que havia acontecido.

Eu não tinha vendido Nessa no mercado de escravos.

Tinha vendido Grimalkin!

Capítulo 28
Nos encontraremos novamente

Como fui tolo de acreditar na feiticeira humana!

Nessa tinha deixado o acampamento antes que eu acordasse, e Grimalkin, personificando perfeitamente a menina, tinha tomado o seu lugar, exatamente como haviam feito na arena. Após assassinar diversos mercadores e guardas Oussa, a feiticeira tinha levado as escravas para o sul, em direção às terra dos humanos e da liberdade.

Mas ela ainda tinha que lidar comigo.

Havia quebrado a promessa de não me atrapalhar, e agora eu tinha que persegui-la e fazê-la prestar contas.

Levei menos de uma hora para alcançar a feiticeira e as purrai que escaparam.

Ela estava cavalgando à frente da coluna de escravas, e havia mais alguém montando ao seu lado — certamente era Nessa. As cerca de cem pessoas que as seguiam, andando em pares, carregavam sacolas de mantimentos; estavam vestidas com roupas apropriadas de purrai e bem protegidas contra o clima inclemente.

Avancei em direção à feiticeira, passando pelo lado esquerdo da coluna, quando, para meu espanto, as purrai quebraram a formação e se colocaram entre mim e a minha inimiga. Então, vibrando e gritando, elas começaram a jogar bolas de neve na minha direção, fazendo meu cavalo empinar em pânico. Foi um comportamento espantoso e sem precedentes das purrai, e minha montaria, protegida por magia para enfrentar até mesmo o ataque de um assassino Shaiksa, não conseguia suportar o frio da neve molhada.

Fui forçado a recuar para recuperar o controle do animal. Quando o fiz, Grimalkin já estava vindo em minha direção, com duas lâminas suspensas, brilhando com luz refletida do sol da manhã. Mas eu tive tempo de sacar meu sabre e conduzir meu cavalo para a frente, então nosso embate foi duro e rápido.

Nenhum de nós conseguiu causar qualquer dano ao outro. Viramo-nos rapidamente e começamos nosso segundo ataque. A feiticeira passou muito perto do meu lado esquerdo e me atacou maldosamente com uma lâmina. Contudo, usando minha última reserva de magia shakamure, eu já tinha formado um escudo mágico e, posicionando-o perfeitamente, desviei sua arma, avançando para a cabeça dela ao fazê-lo.

Ela se inclinou e eu errei o alvo, mas a ponta do meu sabre cortou seu ombro, tirando sangue. Com isso, meu coração cantou de alegria. Na próxima vez que passássemos um pelo outro, eu a finalizaria!

Mas, ao encarar minha inimiga novamente, vi que ela agora empunhava apenas uma faca. Sua outra lâmina não havia quebrado no meu escudo, então por que ela a tinha guardado? Talvez o ferimento que causei em seu ombro esquerdo significasse que ela não conseguia mais segurar uma lâmina com aquela mão? Não, ela agora estava segurando esta em sua mão esquerda.

Concentrei então minha visão e notei que na mão direita ela agora trazia a espada skelt — a arma que tinha quebrado o Kangadon. Faria o mesmo com o meu escudo. E eu não me sentia confortável lutando contra uma lâmina com um cabo com a imagem de Talkus; ele que, depois que nascesse neste mundo, seria o mais poderoso de todos os deuses Kobalos.

Era um mau agouro. Será que significava a minha morte?

Não adiantava pensar nessas coisas agora; então, concentrando-me em minha decisão, avancei com o cavalo novamente. Estávamos cada vez mais perto, os cascos de nossas montarias levantando esguichos de neve no ar. Sangue corria pelo ombro esquerdo de Grimalkin, mas ela estava sorrindo.

Meu sabre cortaria o sorriso do seu rosto!

Então outro cavalo se colocou entre nós, forçando-me a mudar de direção, desviando para a esquerda. Era Nessa. Ela galopou atrás de mim e parou a alguma distância.

Olhei de volta e vi que a feiticeira tinha parado o cavalo e estava nos encarando.

— Tolo! — gritou Nessa. — Pare de uma vez ou ela vai matá-lo. Você não precisa morrer aqui. Volte para a sua haizda e deixe-nos em paz.

Fiquei ultrajado com suas palavras. Ela tinha me chamado de "tolo"! Quem era ela para falar comigo assim? Antes que eu pudesse descarregar minha raiva, Grimalkin trouxe seu cavalo para perto de Nessa.

— Fique longe! — alertou ela, apontando a lâmina skelt para mim. — Nosso acordo terminou, pequeno mago, e você não está mais a salvo!

— *Você* alegou ser uma pessoa de palavra! — retruquei furiosamente.

— Eu *cumpri* minha palavra! — insistiu a feiticeira. — Não cumpri a minha promessa e ajudei a matar o Haggenbrood? E depois que deixamos sua abominável cidade, não fiz nada para impedir o que você considera seus negócios legais.

— Você brinca com palavras! — gritei. — Eu disse que pretendia vender Nessa no mercado de escravas, conforme era meu direito. Ela era minha propriedade. E você respondeu que não me atrapalharia com isso.

— Você vendeu uma escrava em Karpotha e, portanto, cumpriu suas obrigações perante a lei de Bindos. É isso que importa. O fato de que eu fui essa escrava é irrelevante. Foi feito, e, com nosso acordo finalizado, eu fiquei livre para libertar as escravas do kulad. Saiba disso e lembre-se bem: não posso permitir que seu povo continue mantendo escravas humanas!

Levantando o saco, ela gritou:

— Declaro guerra aos Kobalos. Vou fazer a Lâmina Estrela, mas depois que concluir esse assunto voltarei com minhas irmãs e derrubaremos os muros de Valkarky e mataremos todos os Kobalos que estiverem do lado de dentro! Então fique em sua haizda, mago! Fique longe dessa cidade amaldiçoada e você poderá viver um pouco mais! Mas agora, para que não lutemos até uma morte prematura, eu lhe faço uma pergunta. Por que você voltou a Karpotha e testemunhou o que eu fiz?

— Voltei para o penhasco e me protegi da tempestade — respondi.

— Isso causou o seu atraso, mas você não precisava retornar ao kulad. Eu sei por que voltou. Você pretendia comprar a liberdade de Nessa. Não é?

Fiquei chocado com as palavras de Grimalkin. Como ela podia saber disso?

Fiz que sim com a cabeça.

Ela sorriu.

— Então, nesse caso, o que foi perdido? Nessa tem a liberdade que você pretendia para ela, e isso foi conquistado sem qualquer ônus legal ou financeiro para você. Agora devolverei algumas destas mulheres às suas próprias terras. Outras, mesmo que nascidas em cativeiro, encontrarão lares entre os humanos. Quanto a Nessa, eu a reunirei com a irmã. Enquanto isso, você voltará para casa e prosperará. Você está ansioso para voltar para sua haizda, não é verdade?

Fiz que sim com a cabeça outra vez; então, finalmente encontrando minha voz, ergui meu sabre e apontei para ela.

— Um dia haverá um acerto de contas entre nós, prometo!

— E eu devolvo a promessa, então vá em paz, Slither. Um dia certamente nos encontraremos de novo, mas não há necessidade de derramarmos mais sangue hoje. Eu irei partir e cuidar dos meus assuntos. Enquanto isso, prepare-se para a minha volta. Reúna seus recursos, aperfeiçoe suas habilidades de luta e fortaleça sua magia. Então nos encontraremos e lutaremos até a morte, provando assim de uma vez por todas quem de nós é mais poderoso. Terei muito prazer em derrotar um guerreiro tão formidável. Temos um acordo?

— Sim! Temos um acordo! — gritei, levantando meu sabre em saudação.

Suas palavras foram sábias. Minha magia tinha se esgotado, e eu precisava me recarregar com sangue. Melhor encará-la quando eu estivesse mais uma vez no auge de meus poderes. Estava ansioso por isso.

Ela sorriu, exibindo seus dentes pontudos, então voltou com o cavalo para a frente da fileira.

Nessa permaneceu onde estava.

— É verdade? Você realmente pretendia me comprar de volta e me dar a liberdade? — perguntou.

— É verdade, pequena Nessa. Grimalkin não mente, embora eu acredite que ela encontre muita liberdade nos termos de um acordo. Eu me preocupo mais com a exatidão do contrato.

Nessa sorriu.

— Mas acho que ela cumpriu o espírito do trato. Não é verdade?

Levei quase uma semana para chegar de volta à minha haizda. A jornada foi um pouco demorada porque na noite do terceiro dia fiquei com muita sede. Tão grande e imediata era a minha necessidade que fui forçado a enterrar os dentes no pescoço do meu cavalo e tomar todo o seu sangue.

Normalmente consigo resistir a tais impulsos, mas os longos dias e noites de controle — quando me contive de pular em uma das irmãs roliças de Nessa e beber até a morte — de repente cobraram seu preço. Após uma disciplina tão prolongada, tinha que haver descarrego. É natural para um Kobalos.

O inverno mais uma vez se aproxima, e estou me preparando para minha hibernação habitual. Passei o curto verão na minha haizda, bebendo sangue, coletando almas, aprimorando minhas habilidades de guerreiro e fortalecendo minha magia. Agora o último estágio das minhas preparações ocorrerá durante o sono.

Estarei pronto para o retorno da feiticeira. Qualquer que seja o resultado, estou ansioso pela luta com Grimalkin. Marcará o auge dos meus esforços como um mago guerreiro. Ela ameaçou a cidade de Valkarky. Apesar das desavenças entre mim e certos habitantes, sou leal ao meu próprio povo.

Talvez eu seja o meio de acabar com essa ameaça.

Slither

Todo dia o sol cruza o céu um pouco mais perto do horizonte; logo o curto verão vai acabar.

Agora meu tio conhece toda a história de como Susan morreu e como eu fui levada para ser escrava. Isso o enfureceu e também o assustou. Ele diz que o mundo está esfriando e isso o deixa apreensivo. Ele se lembra das histórias de seus avós; histórias antigas e assustadoras passadas de geração em geração.

Quando Golgoth, o Lorde do Inverno, acordou pela última vez, o gelo tinha expandido, e as feras Kobalos viajaram com ele para o sul, assassinando os homens e meninos, mas poupando as mulheres e suas filhas, carregando-as para serem escravas. Meu tio acredita que isso acontecerá outra vez, mas reza para que não seja nesta vida.

Minha tia e meu tio são pessoas de bom coração e deram abrigo para mim e para Bryony; esta é a minha casa agora. Trabalhamos duro, mas eu também trabalhava duro na fazenda do nosso pai. Nesse ponto, pouca coisa mudou.

Os tempos desde sua morte têm sido assustadores e traumáticos, mas abriram meus olhos para o quão grande é o mundo e me mostraram que há muito ainda desconhecido, muitas coisas novas a se aprender.

De certa forma isso me deixa inquieta e descontente com as rotinas da vida. Eu gostaria de viajar e ver mais do mundo.

Talvez eu ainda encontre Grimalkin ou Slither. É só um palpite, mas acredito que um dia nossos caminhos se cruzarão outra vez. Espero que sim...

Nessa

O Sonho de Slither

A pequena Nessa invoca minha presença
Batucando no joelho, sedoso de nascença.
Ela está presa atrás de uma grade
Então eu penso em curvá-la à minha vontade.
A grade de ferro é alta e larga, vejo e sinto
Ela percorre todo o comprimento do recinto
Do chão ao teto, de uma parede a outra
E apesar de minha altura agora ser pouca
Minha magia de haizda é muito forte;
Gira e risca a grade, disposta a encolher
Até o metal tremer, girar e ceder
Como crisântemos dançando nos campos —
Pois aquela grade está viva, não duvido;
É ágil e flexível como um felino.
Agora ela se abre amplamente, sem atraso
E eu chamo Nessa para que fique ao meu lado.
Ao subirmos o túnel pela escada sinuosa,
Nessa segura minha mão e ronrona,
Mas uma sombra cresce e encolhe,
Como uma serpente com veneno em seu óleo,
Como a respiração murcha de um lorde demônio

Ou algo desgraçado que só busca o pandemônio.
Mas minha lâmina de prata tem um corte poderoso,
Tece padrões estranhos no escuro tenebroso.
Sua ponta curva é afiada e longa
Mais sedenta que minha língua.
Um coração mais fraco poderia ter caído em oração,
Mas eu me seguro
E coloco minha lâmina de prontidão!
Um shatek gritando sob a lua
Despertou exércitos para a luta,
Pois um bando shatek compartilha uma única essência
Assumindo muitas formas e uma única tendência,
E seu todo é uma criatura chamada djinn
Uma entidade que nasceu para acobertar
O sol com uma rede de escuridão
E com um pino perfurar
Todos os prazeres que peles vestirão;
Ele cultivou sua inveja no escuro
E cobriu sua esperança com uma casca em apuro
Como o sombrio Jibberdee da Velha Combersarke!
E a pequena Nessa ele viu com maldade
E a carregou contra sua vontade
Para prendê-la atrás daquela grade.
Assim buscava minha presença
Para uma batalha final sob sua árvore.
Pois acima deste buraco há uma árvore imensa
Que projeta sombra na terra;
Cresce acima da toca de shatek
No alto do milésimo degrau

E tem frutas de um verde sem igual
Que manchariam o ventre de uma rainha virginal.
Suas folhas se contorcem, giram e brilham
E caem toda primavera em uma malévola torrente
Para exaurir o peito e envenenar a mente
E agitar o solo para que o morto não possa descansar.
Mas minha lâmina de prata tem um corte poderoso,
Tece padrões estranhos no escuro tenebroso.
Sua ponta curva é afiada e longa
Tão sedenta quanto minha língua.
Então empunho minha lâmina
E minha lâmina canta, não mingua!
Seis pés na pedra a barulhar
Com um clique e um estalo de um osso ao dobrar
Como com carne ágil e astuto olhar
Querem fazer o meu medo multiplicar.
Mas giro minha lâmina com um sibilo e um assovio
Porque estive lá e isso já vi;
Vi manchas escondidas por areia
Vi os corpos amarrados com correia
Vi o lorde demoníaco que "Hob" chamam
E ouvi as virgens cadentes chorando.
Pois vi o buraco onde a mãe dele está,
Senti o cheiro de sangue, ouvi as moscas a voar,
Vi os urubus assombrarem os céus de lá.
E eu conheço essa dança,
Conheço bem esse padrão,
Melhor do que o caminho que para o Inferno trilharão!
Então ergo as lâminas e os lábios lambo

Até seis olhos surgirem como pontos laranja
Farejo para a esquerda e farejo para a direita sem hesitação
E teço padrões estranhos na escuridão.
Tiro sangue primeiro, arranco uma cabeça
Com um golpe tão veloz que ultrapassa o medo,
Então rápido como o pensamento eu ataco novamente
E duas cabeças agora rolam com um par decadente,
E quicam e correm de degrau em degrau
Para as profundezas da toca de shatek, sua morada final.
Ó Senhor desta antiga árvore, lhe digo,
Como é tolo de mexer comigo!
Pois torturei tubarões nos mares profundos
E os fiz vomitar bichos-papões imundos;
Ataquei águias em seus ninhos
E mordi os ossos de ogros no caminho;
Cacei vampiros nos confins orientais
E ri da cara do padre de Satanás.
Ó Senhor desta antiga árvore, em seu fim,
Ouça o que Nessa jurou para mim:
Que nosso amor era como uma árvore a desabrochar
E antes do sol cair no mar
Prometi a Nessa que a irei libertar!
Mas ele tenta mais uma vez me cortar
Com um giro, um olhar e uma careta má.
Mas vou para a esquerda e para a direita, sem hesitação,
E desfiro um golpe com toda a força que tenho na mão.
E por malha, escudo, capacete e peito,
A lâmina o atravessa com um corte estreito.
Mais depressa que um ataque de falcão

Minha lâmina corta aquela aberração.
Ó Senhor desta antiga árvore, lhe digo
Como foi tolo de mexer comigo,
Pois até na morte serei invicto
Apesar do meu pecado mais secreto e sombrio,
Pois irei a Kinderquest, um outro mundo
Uma esfera até a benção chega até aos imundos.
Onde podem descansar por um milênio
Em um sono profundo além de todo o medo,
Até que entediados com "escuro e constante"
Eles abrem novas asas e voam para um ponto distante
No alto do céu mais azul
Onde todos os seus sonhos secretos se realizam.
Eis a vitória, a batalha acabou
Mas o ato final ainda não chegou.
Pois a pequena Nessa agora vejo
Ainda continuando a batucar o joelho!
Então corto sua carne em pedaços suculentos
E acrescento uma pitada de temperos pungentes
Depois a fervo e faço um caldo
E minha fúria latente acalmo.
Pois apesar de amar nossa cama macia
O alimento é minha maior alegria!

Um trecho dos cadernos de Nicholas Browne, um Caça-Feitiço de Tempos Anticos

Glossário do mundo Kobalos

Acordo: apesar de a unidade monetária ser o *valcron*, muitos Kobalos, particularmente os magos de haizda, confiam no que eles chamam de "acordo". Isso implica em uma troca de bens ou serviços, mas é muito mais do que isso. É uma questão de honra, e cada parte deve cumprir sua palavra mesmo que isso signifique a morte.

Anchieta: mamífero de toca encontrado nas florestas do Norte na beira da linha de neve. Os Kobalos a consideram uma iguaria comida crua. A criatura tem pouca carne, mas os ossos da perna são mastigados com deleite.

Anti-horário: um movimento no sentido anti-horário ou contra o sol. Visto como contrário à ordem natural das coisas, às vezes é empregado por um mago para impor sua vontade ao cosmos. Carregado de húbris, traz consigo um grande risco.

Askana: esse é o lugar onde vivem os deuses Kobalos. Provavelmente só mais um termo para trevas.

Bélico: a língua comum do povo Kobalos, utilizada apenas em situações informais em família ou para demonstrar amizade. A verdadeira língua dos Kobalos é losta, que também é falada por humanos que cercam seus territórios. Se um estranho falar com outro Kobalos em bélico, isso implica amabilidade, mas às vezes é utilizado antes de um "acordo" ser feito.

Balkai: o primeiro e mais poderoso dos três Altos Magos Kobalos que formaram o Triunvirato após o assassinato do rei e agora governam Valkarky.

Berserkers: guerreiros Kobalos jurados de morte em batalha.

Boska: é a respiração de um mago Kobalos que pode ser utilizada para induzir a inconsciência súbita, paralisia ou terror em uma vítima humana. O mago varia os efeitos da boska através da alteração da composição química em sua respiração. Às vezes também é utilizada para alterar o humor dos animais.

Bindos: a lei Kobalos que exige que cada cidadão venda pelo menos uma purra no mercado de escravas a cada quarenta anos. O não cumprimento dessa norma torna o criminoso um fora da lei censurado por seus companheiros.

Bychon: esse é o nome Kobalos para o espírito conhecido como ogro no Condado.

Cativeiros Skleech: cercas em Valkarky onde os Kobalos mantêm suas escravas humanas, utilizando-as como comida ou fonte de reprodução para a criação de novas espécies e formas híbridas.

Chaal: uma substância utilizada por um mago de haizda para controlar as respostas de sua vítima humana.

Cougis: deus de cabeça de cachorro cuja estrela vermelha pode ser vista no céu.

Dexturai: crianças Kobalos nascidas de fêmeas humanas. Tais criaturas, apesar de totalmente humanas em aparência, são facilmente suscetíveis à vontade de qualquer Kobalos. São extremamente fortes e encorpadas e têm habilidade de se tornarem grandes guerreiras.

Eblis: o mais importante dos Shaiksa, a Irmandade Kobalos de assassinos. Ele matou o último Rei de Valkarky utilizando uma lança mágica chamada Kangadon. Acredita-se que ele tenha mais de dois mil anos e é certo que jamais foi superado em combate. A Irmandade se refere a ele por outras duas designações: Aquele Que Não Pode Ser Derrotado e Aquele Que Nunca Pode Morrer.

Erestaba: a Planície de Erestaba fica ao norte do rio Shanna no território dos Kobalos.

Fissura Fittzanda: também conhecida com a Grande Fissura. É uma área de terremotos e instabilidade que marca a fronteira sul dos territórios Kobalos.

Geleira Gannar: o grande fluxo de gelo cuja fonte é nas Montanhas Cumular.

Ghanbalsam: um material resinoso extraído de uma árvore ghanbala por um mago de haizda e utilizado como base para pomadas como chaal.

Ghanbala: a árvore caducifólia preferida como moradia por um mago de haizda Kobalos.

Haggenbrood: uma entidade guerreira criada da carne de uma fêmea humana. Sua função é de combate ritualístico. Tem três partes que compartilham uma mente comum; para todos os efeitos, são uma criatura.

Haizda: é o território de um mago de haizda; lá ele caça e cultiva os humanos que lhe pertencem. Extrai sangue deles, e ocasionalmente suas almas.

Homúnculo: uma pequena criatura criada das purrai em cativeiro. Frequentemente tem muitas formas, que, como o Haggenbrood, e é controlada por uma única mente. No entanto, em vez de idênticas, cada forma tem uma função especializada e só uma delas fala losta.

Húbris: o pecado do orgulho contra os deuses. A ira dos deuses provavelmente será direcionada àquele que persiste neste pecado em face de repetidos alertas. O próprio ato de se tornar um mago é um ato de hubris, e poucos vivem além do período de noviciado.

Hybuski: comumente conhecido como hyb, são o tipo especial de guerreiros criados e empregados na batalha pelos Kobalos. São um híbrido de Kobalos e cavalo, mas possuem outros atributos desenvolvidos por combate. Seu tronco é peludo e musculoso, combinando força excepcional com velocidade. São capazes de fazer um inimigo em pedaços. Suas mãos também são especialmente adaptadas para a luta.

Kangadon: essa é a Lança Que Não Pode Ser Quebrada, também conhecida como Regicida, uma lança de poder criada pelos Altos Magos Kobalos — apesar de alguns acreditarem que ela tenha sido forjada pelo seu deus ferreiro, Olkie.

Karpotha: o kulad ao pé das Montanhas Dendar, que tem os maiores mercados de escravas purrai. A maioria deles acontece no início da primavera.

Kashilowa: o guardião dos portões de Valkarky, responsável por permitir ou recusar a entrada na cidade. É uma criatura enorme, com mil pernas. Foi criada por magia dos magos para exercer sua função.

Kastarand: essa é a palavra dos Kobalos para Guerra Santa. Vão promovê-la para livrarem a terra dos humanos, que acreditam serem descendentes de escravas fugidas. Não pode começar até que Talkus, o deus dos Kobalos, nasça.

Kirrhos: é a "morte fulva" que se abate sobre as vítimas do Haggenbrood.

Kulad: uma torre de defesa construída por Kobalos que marcam posições estratégicas nas fronteiras dos seus territórios. Outras mais profundas no território são utilizadas como mercados de escravas.

Légua: a distância que um cavalo galopante consegue percorrer em cinco minutos.

Lenklewth: o segundo dos três Altos Magos Kobalos que formam o Triunvirato.

Losta: é a língua falada por todos que habitam a Península do Sul. Isso inclui Kobalos, que alegam que a língua foi roubada e degradada pelos homens. A versão Kobalos da losta contém um léxico quase um terço maior do que aquela utilizada por humanos, o que talvez ofereça alguma credencial às suas alegações. Certamente é uma anomalia linguística que as duas espécies compartilhem um idioma comum.

Mago de Haizda: uma espécie rara de mago Kobalos, que vive em seu próprio território longe de Valkarky e reúne sabedoria de territórios que marcou como seu.

Magos: há muitos tipos de magos humanos; o mesmo vale para os Kobalos. Mas para alguém de fora é difícil descrever e categorizar. Contudo, a mais alta patente é nominalmente aquela de um Alto Mago. Existe também um tipo, o mago de haizda, que não se encaixa nessa hierarquia, pois são magos de fora que habitam seus próprios territórios individuais longe de Valkarky. Seus poderes são difíceis de serem quantificados.

Mandrágora: raiz que lembra a forma humana e às vezes é utilizada por um mago Kobalos para dar foco ao poder que vive em sua mente.

Mar Galena: o mar ao sudeste de Combesarke. Fica entre esse reino e Pennade.

Meljann: o terceiro dos Altos Magos Kobalos que formam o Triunvirato.

Montanhas Cumular: uma alta cadeia de montanhas que marca a fronteira noroeste da Península Sul.

Montanhas Dendar: a alta cadeia de montanhas que fica mais ou menos a setenta léguas ao sudoeste de Valkarky. Em sua encosta se situa o grande kulad conhecido como Karpotha. Mais escravas são trazidas e vendidas aqui do que em todas as outras fortalezas somadas.

Noviciado: é o primeiro estágio do processo de aprendizado de um mago de haizda, que dura aproximadamente trinta anos. O candidato estuda com um dos magos mais velhos e mais poderosos. Se o noviciado for completado de forma satisfatória, o mago então deve seguir sozinho para estudar e desenvolver suas habilidades.

Oscher: uma substância que pode ser utilizada como comida de emergência para cavalos; feita de aveia, tem aditivos químicos especiais que podem sustentar uma fera de carga pela duração de uma longa jornada. Infelizmente ele resulta em um encurtamento severo da vida do animal.

Olkie: deus dos ferreiros Kobalos. Ele tem quatro braços e dentes feitos de bronze. Acredita-se que tenha fabricado o Kangadon, a lança mágica que não pode ser desviada do alvo.

Oussa: a guarda de elite que serve e defende o Triunvirato, também utilizada para proteger grupos de escravas tiradas de Valkarky para os kulads para serem compradas e vendidas.

Purra (pl. Purrai): termo utilizado para denotar as fêmeas humanas de raça pura, criadas na escravidão pelos Kobalos. O termo também é aplicável àquelas fêmeas que vivem em uma haizda.

Reinos do Norte: o nome coletivo às vezes dado a pequenos reinos, tais como Pwodente e Wayaland, que ficam ao sul da Grande Fissura. Comumente se refere a todos os reinos ao norte de Shallotte e Serwentia.

Rio Shanna: o Shanna marca a velha fronteira entre os reinos humanos do norte e o território dos Kobalos. Agora Kobalos são frequentemente encontrados ao sul desta linha. O tratado que negociou essa fronteira foi há muito tempo descartado por ambos os lados.

Sala de Pilhagem: o cofre onde o Triunvirato armazena os itens que confiscaram com o poder de magia, força, armas ou processo legal. É o local mais seguro de Valkarky.

Salamandra: um dragão de fogo tulpa.

Shaiksa: a mais alta ordem dos assassinos Kobalos. Se um deles é assassinado, o resto da Irmandade tem obrigação honrosa de caçar seu assassino.

Shakamure: a magia dos magos haizda da qual extraem poder pela retirada de sangue humano e empréstimo de suas almas.

Shatek (também conhecido como djinn): uma entidade guerreira com três partes e uma única mente no controle. Difere do Haggenbrood no sentido de que foi criada para ser implantada em batalha. Muitos deles se rebelaram e não são mais sujeitos à autoridade dos Kobalos. Eles vivem longe de Valkarky e trazem morte e terror às terras que cercam suas tocas.

Shudru: o termo Kobalos para o inverno pesado nos Reinos do Norte.

Skaiium: um momento em que um mago de haizda enfrenta uma perigosa suavização de sua natureza predatória.

Skapien: um pequeno grupo secreto de Kobalos em Valkarky que se opõe ao comércio de purrai.

Skelt: criatura que vive perto da água e mata suas vítimas inserindo seu nariz em seus corpos e extraindo seu sangue. Os Kobalos acreditam que tenha a forma que seu deus, Talkus, assumirá ao nascer.

Sklutch: um tipo de criatura empregada pelos Kobalos. Sua especialidade é limpar os fungos que crescem velozmente nas paredes e tetos dentro de suas habitações em Valkarky.

Skoya: material formado nos corpos dos whoskor dos quais Valkarky é construída.

Skulka: uma cobra da água venenosa cuja mordida provoca paralisia instantânea. É muito utilizada por assassinos Kobalos, que a empregam para neutralizar suas vítimas antes de matarem-nas. Após a morte, é impossível detectar as toxinas no sangue da vítima.

Slarinda: são as fêmeas Kobalos. Estão extintas há mais de três mil anos. Foram assassinadas por um culto de machos Kobalos que detestavam mulheres. Agora os homens Kobalos nascem de purrai, fêmeas humanas presas em cativeiros skleech.

Talkus: o deus dos Kobalos que ainda não nasceu. Em forma ele parecerá a criatura conhecida como skelt. Talkus significa o Deus Que Ainda Será. Às vezes também se referem a ele como o Vindouro.

Therskold: uma entrada na qual uma palavra de interdição ou nociva foi colocada. Essa é uma área potente de força de haizda e é perigoso — até para um mago humano — atravessar um portal desses.

Triunvirato: corpo governante de Valkarky, composto por três dos mais poderosos Altos Magos da cidade. Foi formado após a morte do Rei de Valkarky por Eblis, o assassino Shaiksa. É essencialmente uma ditadura que utiliza métodos impiedosos para manter o poder. Outros estão sempre esperando à espreita para substituírem os três magos.

Tulpa: uma criatura criada na mente de um mago que ocasionalmente recebe forma no mundo exterior.

Ulska: um veneno Kobalos raro, porém mortal, que queima suas vítimas por dentro. Também é excretado de glândulas na base das garras do Haggenbrood. Resulta em kirrhos, conhecida como "morte fulva".

Unktus: uma pequena deidade Kobalos cultuada apenas pelos membros mais baixos da cidade. Ele é representado com chifres bem pequenos curvando para trás a partir da coroa da cabeça.

Valkarky: a cidade chefe dos Kobalos, que está logo dentro do Círculo Ártico. Valkarky significa a Cidade da Árvore Petrificada.

Valcron: uma pequena moeda, frequentemente chamada de *valc*, aceita em toda Península Sul. Feita a partir de uma liga que é um décimo prata, um valcron é a quantia paga diariamente para um soldado de infantaria Kobalos.

Whalakai: conhecida como uma visão do que é, este é um instante de percepção que vem a um alto mago ou um mago de fazenda. É uma epifania, o momento de revelação, quando a totalidade da situação, com todas as complexidades que levaram a ela, são conhecidas por ele em um lampejo de entendimento. Os Kobalos acreditam que essa seja uma visão dada ao mago por

Talkus, o Deus Que Ainda Será. Seu propósito é a facilitação do caminho para seu nascimento.

Whoskor: É o nome coletivo para as criaturas subservientes aos Kobalos que são engajados na tarefa infinita de estender a cidade de Valkarky. Eles têm dezesseis pernas, oito das quais também atuam como braços, e são utilizados para moldar skoya, a pedra macia que eles expelem da boca.

Impresso no Brasil pelo
Sistema Cameron da Divisão Gráfica da
DISTRIBUIDORA RECORD DE SERVIÇOS DE IMPRENSA S.A.
Rua Argentina, 171 – Rio de Janeiro, RJ – 20921-380 – Tel.: (21)2585-2000